Observations politiques
et historiques sur l'art

( ) ensemble la hauteheuve

C.V. de fontenay

Amour pour toi nous
allons pris l'espoi
et non vius de
mes pris

OBSERVATIONS
POLITIQVES
TOPOGRAPHIQVES,
ET HISTORIQVES:
SVR TACITE.

Enfemble la traduction de quelque partie
du premier liure des Annalles du
mefme Autheur.

Le tout dedié à la Reyne Regente.

Par FRANÇOIS DE CAVVIGNY
fieur de Collomby.

A PARIS,

De l'Imprimerie d'ANTOYNE ESTIENE,
ruë Sainct Iaques, au College
de Clermont.
M. DC. XIII.

A LA REYNE
REGENTE.

ADAME,

MEntre vne infinité de graces particulieres que Dieu a faites a voſtre Maieſté, vne des plus grandes, & des plus inſignes, ceſt, que vous eſtes mere d'vn Roy, en la perſonne duquel on remarque trois ſortes de benedictions, eminentes par deſſus toutes les autres. La premiere, c'eſt qu'il eſt porté à la vertu par vne inclination naturelle. La ſecode qu'il y eſt inſtruit par voſtre ſoing. La troiſieſme qu'il y eſt excité par vos actions. Il peut voir en la vie de ſon pere, Henry le Grand, comme il faut faire la guerre, mais vous luy apprenez, Madame, comme il faut maintenir la paix, & n'acquerez pas moins de loüange par voſtre prudence, de conſeruer ce Royaume durant ſa minorité, que ce Prince victorieux acquiſt de gloire pour l'auoir conquis par ſa

¶

valeur pendant les guerres ciuilles. Iamais la
France ne fut plus heureuse, l'Eglise plus floris-
fante, la Iustice plus fouueraine, l'innocence
plus asseurée, la malice plus seuerement pu-
nie, la vertu plus lib'e alement recompensée.
Vous nous gouuernez plustost comme les meres
font leurs enfans, que comme les Reines se com-
portent ordinairement enuers leurs subiects.
Vous nous faictes bien cognoistre que la puissance Royale n'est point vne licence de tout faire, mais vne obligation à bien faire; & que
les Rois doiuent la mesme obeissance à la raison,
que les subiects doiuent à leurs Rois. Vous
temperez vostre authorité par vne si grande modestie, qu'il semble que vous n'ayez aucun auantage sur nous que celuy de vostre merite. Nous ne
cognoissons la grandeur de vostre fortune, que par
celle de vos biefaicts, Nous ne viuõs point en vne
paix acquise par des victoires sanglantes, mais
procurée par vostre seule vigilance, ornée par vos
magnificences & par vos vertus, & asseurée par
tous les moyens qui peuuët perpetuer la prosperité
d'vn Estat. Certes nous sommes insensibles si nous
ne goustons ce bon-heur. Nous sommes aueugles
si nous ne voyons qu'il vient de vous, & ingrats
si nous ne le confessons ingenuement. Vous nous
auez rendus si parfaictement heureux, qu'il ne
se peut rien desirer à nostre bonne fortune, sinon

qu'elle soit eternelle. Tellement qu'on peut dire maintenant de vostre Regence ce qu'on disoit autrefois du regne d'Auguste. Le repos du peuple est conservé par la Iustice, l'amitié des aliez entretenuë par la modestie. Bref, estre vostre subiect, c'est estre heureux. Ie sçay bien, Madame, que quand le Roy n'auroit iamais autre exemple devant ses yeux, que la conduicte iudicieuse avecques laquelle vous gouvernez ceste Monarchie, que cela seroit suffisant pour le rendre tel que la vertu le promet & que son peuple l'espere: mais s'il ioint à tant de grands advantages, l'estude des lettres, principalement de l'histoire, qui peut doubter qu'il ne face bien tost des mervueilles, & que sa perfection ne precede ses années, & ne surmonte nos esperances & les apprehensions de nos ennemis? Il n'y a personne à qui la lecture soit plus vtile, qu'aux Rois de son aage. Ceux qui ont long temps vescu, qui ont eu de grandes affaires, & qui ont experimenté beaucoup de fortunes, n'en ont pas tant de besoing; par ce qu'ils ont peu faire leur proffit des adversités qu'ils ont esprouuées, ou des fautes qu'ils ont faictes. Mais s'il est possible, il faut que ceux qui sont ieunes soient plus heureux que ceux-là, & qu'ils facent leur aprentissage aux despens d'autruy. L'histoire les y peut beaucoup aider. Elle leur tiët lieu d'une longuë experience, & meurit leur iugement

auant la saison. Elle a des conditions qui obligent
vn chacun a en faire estat. Ell'est facile par ce
qu'elle represente des choses sensibles ; Ell'est plai-
sante, à cause de sa diuersité. Ell'est vtille, pour
ce qu'elle contient, la naissance, le progrez, & la
fin des plus grands Estats du monde ; ensemble
les paroles, les conseils, & les actions des hommes illustres. Or entre tous les historiens prophanes, Tacite est le plus recommandable, pour les
affaires d'Estat. Il enrichit & delecte l'esprit
par les belles choses qu'il recite. Il forme le iugement par les fortes raisons qu'il allegue, & en-
seigne au Prince à bien viure par les loüanges
des vertus & par le blasme des vices. Ie ne
veux point d'autre preuue du merite de cet autheur que l'estime qu'en faisoit Henry le Grand,
& l'affection qu'il auoit de le voir traduict en
François. L'Esperance que i'ay, Madame, que
vostre Maiesté fera reluire vn fauorable rayon de
ses yeux dessus cet ouurage, & qu'elle estimera mõ
dessein, m'a faict resoudre à commenter & à tra-
duire Tacite. I'ay creu que ie ne pouuois faire vn
seruice plus vtile au Roy, procurer vn plus grand
bien à ma patrie, n'y offrir vn plus aggreable pre-
sent à vostre Maiesté que de luy dedier vn liure
qui rend les subiects capables de bien seruir leurs
Princes, & les Princes de bien commander à
leurs subiects. Mais ce n'est pas assez, Mada-

me, que ce liure soit estimable de luy mesme, il a besoing que vostre iugement le fauorise, c'est pourquoy ie supplie tres-humblement vostre Maiesté de l'en vouloir honorer, & de le receuoir en bonne part de la main

MADAME de

Vostre tres-humble, tres-obeissant
& tres-fidelle subiect & seruiteur.

DE COLLOMBY.

LIVRE PREMIER

DES ANNALES

DE CORNELIVS TACITVS.

SOMMAIRE DE LA PREFACE.

ESTAT DE LA VILLE de Rome depuis sa fondation iusqu'à l'Empereur Auguste, dessein & protestation de l'Autheur touchant ses Annales.

PREFACE.

L A ville de [1] Rome fut premierement soubs la puissance des Rois. Lucius [2] Brutus fut autheur de la Liberté & du Consulat. [3] On creoit

A

les Dictateurs pour vn temps. 4 Les
Decemuirs n'eurent que deux ans le
Gouuernement de la Republique.
5 L'authorité Consulaire des Tribuns de Guerre ne fut pas de longue
durée. 6 La domination de Cinna,
celle de Sylla pareillement s'anéanti-
rent en peu de temps. Le pouuoir de
Pōpée & de 7 Crassus ceda bien-tost
à Cesar, & les armes d'Antonius 8 &
de Lepidus à la bonne fortune d'Auguste, qui soubs le tiltre de 9 Prince,
reçeut la souueraineté de l'Estat fort
trauaillé des guerres Ciuiles. Mais
les felicitez & les malheurs de l'ancienne Republique ont esté bien re-
presentez par des autheurs de grande reputation, & ny a point eu faute
de beaux Esprits pour faire l'Histoire
de ce qui s'est passé soubs Auguste,
iusques à ce qu'ils se corrompirent
par vne flatterie contagieuse qui se
glissa parmy eux. Ce qu'on a pu-

blié de Tybere, de Caius, de Claudius
& de Neron durant leur vie, est faux,
pour la crainte qu'on auoit de les offenser par la verité : ce qui s'en est
escrit apres leur mort, est plein d'im-
postures, pour la haine toute re-
cente qu'on leur portoit. C'est pourquoy i'ay resolu de toucher fort peu
de choses d'Auguste, & de com-
mencer par les derniers actes de sa
vie, puis ie continueray par le regne
de Tybere, & par la suitte du reste:
mais sans aucune passion : car ie n'en
ay point de subiect.

OBSERVATIONS.

1 **L**A ville de Rome fut premierement soubs la puis-
sance des Rois. Ainsi que
ces Geographes qui re-
presentent en peu d'es-
pace la description du monde, font toucher des Regions les vnes aux autres

A ij

fur la Carthe , qui en font bien éloi-
gnées fur la Terre ; Tout ainfi Tacite par
vne briefueté trop affectée, a conioinct au
commencement de cefte preface fans aucune diftinction de temps, les diuers Eftats
de la Republique Romaine, depuis la fondation de Rome iufqu'à l'Empereur Augufte ; de telle forte qu'il femble ny auoir
aucun interualle entre tant de mutations;
Ceft ce qui m'a faict refoudre d'expli-
quer cefte matiere par la remarque des
Temps , & en fuiuant la difpofition du
texte , de conduire le Lecteur de changement en changement , iufques à ce que
ie l'aye amené au regne d'Augufte; ce que
ie veux faire auec vne fi grande facilité,
que ces obferuations confirmeront la memoire de ceux qui fçauent l'Hiftoire Romaine , & en donneront vne fuperficielle
cognoiffance à ceux qui l'ignorent. Ie
commenceray par les principes dont cefte
grande Republique fut compofée. Iamais
Eftat ne fut fi petit en fa naiffance, fi heureux en fon progrez , fi grand en fa perfection. Le fils d'vne Veftalle defbauchée, vn
homme qui de tous fes parens ne pouuoit alleguer autre que fa mere , expofé à la mort tout auffi toft qu'il eut vie,

vn meurtrier fouillé du fang de fon propre
frere, vn ieune garçon de fortune aagé de
18. ans fut le fondateur de ce redoutable
Empire; vne coline couuerte de buiffons
& de haliers en fut le fiege; vne poignée
de miferables bannis, de malfaicteurs, de
forceurs de femmes, en furent les premiers
Citoyens. La plus excellente, la plus naturelle, la plus ancienne, & la plus affeurée
maniere de regir les peuples, à fçauoir la
Monarchie, fut fon eftabliffement fonda-
mental; la defpouille des Nations voifines
& belliqueufes, fut fon premier accroiffe-
ment; chofe vrayment admirable! que tout
de mefme qu'vn petit grain de femence
contient en puiffance vn arbre de merueil-
leufe grandeur, pareillemét vn fi petit lieu
que Rome ait peu contenir le plus grand
Empire du monde. Voila les foibles com-
mencemens de cefte puiffance merueil-
leufe, laquelle comme vn fleuue qui eft petit en fa fource, & fe groffit peu à peu de
la defcharge de plufieurs ruiffeaux, s'accreut lentement des ruines de fes voifins
par l'efpace de 244. ans durát le Regne de
fept Rois dont les conqueftes ne s'eften-
dirent point plus auant que 18. mille pas
loing de Rome, qni font enuiron fix licuës

A iij

communes de France. Nous auons parlé
des Rois, il faut traicter des Consuls,
& reprendre le texte de nostre Autheur.

2. *Lucius Brutus fut Autheur de la Liberté,*
& du Consulat. Le premier changement de
l'Estat de Rome fut de la Monarchie au
Consulat. L'institution des Cõsuls fut l'an
245. L'autheur, L. Brutus. La cause, l'insolence de Sextus Tarquinius, qui transporté
d'vne aueugle passiõ d'amour ioüit par force de Lucresse, laquelle se tua de sa propre
main, & d'vn mesme coup de poignard dõ-
na sortie à son ame, & fist ouuerture à la Liberté de sa Patrie. L'horreur de ceste iniure tyrannique, la pitié de ceste mort deplo-
rable, & les raisons de la remonstrance de
Brutus, esmeurent le peuple à secoüer le
ioug de la seruitude par vne reuolte generale, qui causa la ruine de la Monarchie, &
l'establissement du Cõsulat. Mais comme
les vertus & les humeurs differentes des 6.
premiers Rois furent tres-vtiles pour ict-
ter les fondemés de la Monarchie Royalle, l'orgueil de Tarquin le Superbe, & l'im-
pudicité de son fils, furent tres-necessaires
pour les destruire, en donnant par leurs

tyrannies vn degouſt de la ſeruitude, & vn appetit de la Liberté. Ceſte mutation ſi ſoudaine fut vne des principales cauſes de la grande fortune de l'Eſtat Romain. Car, ou ce peuple libertin & plein de fierté n'euſt peu long temps endurer le commandement d'vn ſeul, ou s'il l'euſt ſouffert, il n'euſt pas eu tant de ſoin d'accroiſtre l'Empire pour la grandeur de ſon Prince, que pour la ſienne, & n'euſt pas combatu contre les autres Nations auec tant de cœur, & d'allegreſſe, eſtant ſoubs la captiuité des Rois, comme il fiſt alors qu'il fut libre, & deſchargé de ſes cheines & de ſes fers, ſoubs le gouuernement des Conſuls. Ce changement n'euſt peu venir plus à propos; s'il fuſt arriué plus tard, la Monarchie eſtant fondée de plus longue main, euſt eſté plus difficile à renuerſer; s'il fuſt aduenu pluſtoſt, elle euſt eſté par trop foible pour ſouſtenir les grands accidens qui luy arriuerent apres. Car comme ces voutes fraiſchement baſties ſe ruinent & ſe foulent aiſément quand on leur oſte trop toſt les ſcyntres qui les eſtançonnent, ou qu'on leur donne de trop grandes charges auant que les mortiers ſoient bien pris : Pareille-

ment la Republique Romaine qui eftoit
debile en fa nouueauté, fe fuft incontinent ruinée, fi on euft quitté la protection
des Rois, & fans doubte, euft fuccombé
foubs la pefanteur des grandes affaires
quelle fupporta depuis par la force d'vn
plus ferme eftabliffement. Car que fuft-il
aduenu fi cefte canaille de gens ramaffez,
& vagabons, à qui la franchife inuiolable
d'vn Temple donnoit licence de tout faire, euft dés fon commencement efté trou-
blée par les tumultes des Tribuns fedi-
tieux, & par le mauuais mefnage qui fut
depuis entre le peuple & le Senat, auant
que l'amitié coniugale des maris enuers
leurs femmes, l'amour charitable des Peres enuers leurs enfans, l'affection naturelle des Citoyens enuers leur Patrie, euffent conioint leurs volontez? Ce n'euft
efté rien que de Rome : elle euft reffem-
blé à ces enfans abortifs,qu'vn coup, vne
cheute, ou quelqu'autre femblable accident faict perir dedans le ventre de la
mere.

Nous auons traicté du temps, de l'Autheur, & de la caufe du Confulat, il faut
donner maintenant vne definition entie-
re des Confuls, puis en examiner toutes

les parties; en quoy ie n'entends comprendre que les vrais & reguliers selon leur pure institution, imitant les philosophes qui ne deffinissent les especes que par la nature des parfaicts indiuidus. *Les Consuls estoient regulierement deux Magistrats de race Patricienne, Annuels, & Souuerains.* Ils estoient *Deux*, premierement, afin que leur pouuoir fust moindre estant diuisé; Secondement afin que si l'vn manquoit à son deuoir on peust auoir recours à l'autre; En troisiesme lieu, afin que par crainte ou par émulation, ils s'efforçassent de mieux gouuerner la Republique, estans comme controolleurs les vns des autres. Vn des plus grands Princes du monde, & que nous auons veu regner & mourir depuis peu de temps, mettoit quelquesfois pour le bien de son seruice plusieurs Lieutenans au gouuernement d'vne Prouince, & mesloit des ennemis capitaux en son Conseil, & en ses Cours Souueraines. Tellement que les Romains osterent par la pluralité des Consuls, ce qu'il y auoit de pire en la domination d'vn seul, en conseruerent le meilleur. Les Consuls estoient *de race Patricienne*, afin que ceste dignité fust plus venerable en la Noblesse

qu'au simple peuple. Toutesfois les Gentils-hommes perdirent incontinent ce
priuilege, nous en parlerons tantost en
traictant des Tribuns de Guerre pourueuz d'authorité Consulaire. Les Consuls
estoient Annuels, pour plusieurs raisons : la
premiere, pour empescher la tyrannie
que pouuoit causer la continuation d'vne
grande authorité : les Romains l'experi-
menterent à leurs despens, lors que leur
Estat fut changé en Olygarchie pour
auoir continué les Decemuirs. La seconde occasion pourquoy le Consulat estoit
annuel, c'estoit afin que les Consuls se
hastassent de faire de grandes choses en
peu de temps, comme fist Scipion l'Affriquain, qui se voyant prez de la fin de
son Consulat, pacifia promptement la
guerre auec les Carthaginois, de crainte
que son successeur n'eust la gloire de faire
la paix, ou de vaincre les ennemis. La troisiesme, afin que par vn changement si fre-
quent, l'esperance de paruenir aux honneurs fust ouuerte à tous les gens de merite. C'est ce qui a faict que la Grece &
l'Italie, ont porté tant de grands hommes
en la profession des armes, & des lettres:
C'est-ce qui a faict que la dictature, qui

estoit la plus absoluë, mais la plus courte
puissance de tous les Magistrats Romains,
a esté si innocemment administrée depuis
l'an 252. iusques en 671. Cornelius Sylla
fut le premier qui en peruertit l'vsage.
Tout au contraire la continuation des
charges, n'a causé que des mal-heurs aux
plus florissantes Republiques, comme aux
Estats de Syracuse, de Corinthe, d'Ar-
gos, d'Athenes, & de plusieurs autres. Mais
qu'est il besoin de rechercher des exemples estrangers, puisque nous n'en auons
que trop de domestiques? Nos Rois en
perpetuant les charges, ont faict deux
grands preiudices à leurs Majestez, & à
leurs subiects : le premier en ce qu'ils se
font comme retranché les moiens de faire
reluire vne des plus belles & des plus Au-
gustes marques de leur Puissáce & de leur
Iustice, qui est de destituer les meschãs, &
d'installer les gens de bien ; l'autre en ce
qu'ils ont comme donné aux officiers per-
petuels, la puissance de pecher impuné-
ment, & osté aux oppressez la liberté de se
plaindre. Vn Roy d'heureuse & fraische
memoire recogneut bien le premier incõ-
uenient, lors qu'il trouua de grandes diffi-
cultez à faire pouruoir vn de ses fils natu-

rcls, d'vn des premiers Offices de la Couronne. Le poffeffeur eftoit fi puiffant qu'il
eftoit malaifé de le luy ofter, ny par la force, ny par la Iuftice. Cet exéple eft vne belle leçon aux Princes pour leur apprendre à
n'efleuer iamais fi haut vne Créature, que
fa fortune leur puiffe eftre redoutable. Il
ny a fi grande puiffance que la mutation
annuelle ne rende petite, ny fi petite que
la perpetuité ne rende grande. Il n'eft
point iufte de retenir comme vne heredi-
té dedans les familles, les charges qui ne
doiuent eftre employees qu'a la recompenfe de la Vertu. La derniere partie de la
definition des Confuls, porte qu'ils eftoiét
Souuerains, ce qu'il faut entendre à comparaifon des Magiftrats inferieurs, & non
au refpect des Rois, comme ie le monftreray tantoft par viues raifons. Mais ie puis
dire auec verité, qu'il s'en faut beaucoup
que les Rois de Rome ne fuffent auffi ab-
folus, que les Rois de France. Leur Eftat
eftoit meflé aucunement d'Ariftocratie,
l'Eftat de France eft vne pure Monarchie:
Nos Rois ont fix marques principalles,
de l'authorité fouueraine. La 1. ceft de
donner Loy à tous leurs fubjects fans le
confentement de perfonne. La 2. eft

la puiſſance de la vie & de la mort. La 3.
d'eſtablir tous Officiers & Gouuerneurs.
La 4. de traicter de la paix & de la guerre.
La 5. de faire battre & forger monnoye.
La 6. de leuer, tailles, ſubſides, & impoſi-
tions. Mais reprenons le chemin de Rome. Nous auons appris ce que ceſtoit que
le Conſulat; voyons s'il eſtoit compatible
auecques la Liberté. L'occaſion de doubter, procede de ce que c'eſtoit vne puiſſance de commander ſouuerainemét comme
les Rois, la Liberté vne exemption d'o-
beïr ſeruilement: Comment donc ſe pouuoit il faire, qu'en meſme temps les Conſuls fuſſent ſouuerains, & le peuple libre,
attendu que par tout où il y a puiſſance de
commander, il y doit auoir obligation
d'obeïr? car l'Empire & la ſeruitude ſont
deux relatifs qui ne peuuent eſtre l'vn ſans
l'autre : Tite-Liue a creu que le peuple
eſtoit plus eſclaue ſoubs les Conſuls, que
ſoubs les Rois. Il la bien monſtré quand il
a dict, *que le Conſulat, comme trop puiſſant
eſtoit du tout inſupportable à vn peuple Libre;
Qu'il eſtoit moins odieux que la Royauté quant
au nom: mais plus pernicieux en effect, qu'on
n'auoit qu'vn maiſtre ſoubs les Rois, qu'on en
auoit deux ſoubs les Conſuls,& que leur puiſſan-*

ce estoit infinie. Mais pour refuter ceste erreur, & pour oster tout le doute de la que-
stion que i'ay proposee, ie nieray tant seulement que l'authorité Consulaire fust es-
gale à l'authorité des Rois, tant s'en faut
qu'elle fust plus grande. La Monarchie
estoit vne puissance perpetuelle: Le Consulat n'estoit qu'annuel : Les Consuls
estoient obligez de rendre raison de leurs
charges, les Rois ny estoient point tenus;
de telle sorte que le Consulat estoit autant vne obligation de rendre compte,
qu'vn pouuoir de commander ; & sans
doubte, qu'en limitant expressément le
téps de leur charge, on a limité tacitement
l'estendue de leur souueraineté. D'au-
tre-part, les Rois n'auoient point de compagnons, les Consuls auoient des Colle-
gues, & comme l'authorité Royalle estoit
d'autant plus puissante qu'elle estoit re-
strainte en la seule personne du Prince, la
Consulaire estoit d'autant plus foible
qu'elle estoit diuisée en deux personnes de
pareille qualité.

Ie pretends auoir monstré que leur
pouuoir estoit petit, par la mesme raison
du nombre dont Tite-Liue s'est aidé pour
prouuer qu'il estoit fort grand: mais cóme

il a faict vne faute pour l'auoir trop haut
esleué, Bodin en a faict vne autre pour l'a-
uoir trop abaissé; *Les Consuls*, dict-il, *n'e-*
stoient que les seruiteurs du peuple, le plus petit
des Tribuns leur faisoit mettre la main dessus
le colet, & les enuoyoit en prison quand il luy
plaisoit. Cette opinion est fondée sur vn
faict extraordinaire & particulier, dont il
tire vne consequence vniuerselle. L'a-
ction du Tribun Drusus qui fist empri-
sonner vn Consul pour l'auoir interrom-
pu en parlant, fut vn tesmoignage de son
insolence, non de sa puissance : Les Tribuns du peuple ne furent pas tousiours
si mauuais, ny les Consuls si patiens & si
mesprisez. L'erreur de Bodin procede de
ce qu'il a parlé confusément des Consuls, au lieu d'en traicter distinctement,
& de les considerer selon trois temps principaux ; Le 1. en la saine Republique lors
qu'ils estoient plus absolus; le 2. en la
Republique malade, lors que leur pouuoir declina, & que celuy du peuple s'accreut; le 3. soubs la domination des premiers Cesars, lors que la dignité Consulaire fut en ses plus grandes foiblesses, &
que la Liberté Romaine ietta les derniers
souspirs. Apres que nous auons prouué

que le Confulat & la Liberté n'eftoient
point incompatibles en vne mefme Republique ; examinons l'opinion de Polybe
touchant la forme de l'Eftat de Rome,
foubs le gouuernement Confulaire. *La
Monarchie*, dict-il, *eftoit aux Confuls, l'Ariftocratie au Senat, la Democratie au peuple:* Si bien
qu'à ce compte la Republique n'eftoit
point fimple, mais compofée. Bodin a
fort mal traicté Polybe fur ce paffage,
mefme attaqué Ariftote, Ciceron, Contarin, &c. dautant qu'ils ont recogneu
vne Republique mixte. Ie veux maintenir le contraire, & donner à Polybe vne
plus fauorable interpretation. Quand
donc il a dict que la Republique Romaine
eftoit faicte de ces 3. parties, il n'a pas entendu groffierement, côme Bodin le veut
faire croire, que ces formes de Gouuerne-
mêts fuffent fimples, mais temperées. Car
comme le chaud & le froid qui font deux
qualitez toutes contraires, & qui ne peuuent compatir enfemble en mefme fubiect au degré d'extremité, y compatiffent
neantmoins en degré de temperature;
Tout de mefme ces 3. Eftats qui ont de
grandes repugnances les vns aux autres au
degré fupreme de la fouueraineté, & qui
                                   s'excluent

s'excluent d'vne mesme Republique quand ils sont simples, s'accordent fort bien ensemble quand on les tempere les vns par les autres : C'est l'occasion pourquoy les Romains pensans faire vne Republique toute accomplie, la bastirent de ces trois pieces, comme vn peintre qui voulant representer vne parfaicte beauté, en emprunteroit les traicts de plusieurs femmes, prendroit les yeux de l'vne, la bouche de l'autre, & ainsi des autres parties. I'ay prouué la possibilité de la Republique mixte. Ie veux monstrer que l'Estat Romain a esté tel soubs les Consuls, non vne Monarchie absoluë comme Tite-Liue a pensé, ny vn pur Estat populaire comme Bodin le soustient en sa Republique.

Or comme les puissances de nostre ame reluisent plus parfaictement en certaines parties de nostre corps, qu'elle ne font pas aux autres : ainsi l'authorité des Consuls paroissoit plus aux affaires de la guerre qu'en toute autre chose. Ils commandoient aux armées, & tenoient à Rome le mesme rang que tenoit en Lacedemone le Roy qui commandoit à la milice. Bodin sur ce propos a repris fort iudicieusement

B

Contarin, d'auoir faict comparaifon des
Ducs de Venife aux Confuls de Rome.
Les Veniciens ne fe confient point à leurs
Ducs de la conduite des armées, dautant
qu'ils redoutent qu'ayans les forces de la
guerre en leur main, ils n'eufsét la hardief-
fe d'entreprendre fur leur Eftat. Les Ducs
de Venife n'ont rien de la puiffance fouueraine que les feules marques exterieures,
ils n'oferoient feulement ouurir vn pac-
quet qu'en prefence d'vn certain nombre
de Confeillers. L'Ariftocratie eftoit au
Senat: C'eftoit comme le Confeil des anciens en Lacedemone; on ny receuoit que
des hommes recommandables par l'experience des grandes affaires, par la probité,
par l'aage, & par la prudence. Les fieges
de la Iuftice n'eftoient point remplis de
ieunes gens, mais de vieillards venerables.
Le Senat cognoiffoit des crimes extraordinaires, ou deleguoit des Iuges pour en
cognoiftre, difpofoit des deniers de l'ef-
pargne, receuoit & deputoit les Ambaffa-
deurs: bref il auoit tant de Majefté qu'il
fembloit vn Confiftoire de Rois. Conta-
tarin n'a pas eu beaucoup de raifon de le
comparer au Senat de la Republique de
Venife ; auffi en a t'il efté repris par Ianot,

qui a reprefenté le vray Eftat de cefte belle Republique recueilly des plus anciens
regiftres de la ville de Venife, & a bien
faict voir comme Contarin s'eftoit abufé.
La Democratie eftoit au peuple, c'eftoit
luy qui creoit les Magiftrats, qui faifoit les
loys, qui cognoifloit des appellations, &
qui pouuoit feul condamner vn Citoyen
Romain à la mort ; Contarin a faict vne
autre bien grande erreur de comparer
l'Eftat populaire de Rome au grand
Confeil de Venife, cefte fimilitude eft
bien efloignée. Car il eft certain que la
Republique de Venife eft vne pure Ariftocratie de cinq ou fix mille Gentils-
hommes qui la gouuernent ; la moindre
partie des Venitiens, c'eft celle qui a la
Souueraincté. I'ay proué que ces trois
gouuernements ne font point incompatibles quand on les tempere les vns par les
autres. Mais toutesfois comme il eft bien
difficile de trouuer vne fi parfaicte fanté,
qu'il ny ait toufiours vne humeur qui do-
mine fur les autres, & donne le nom à la
complexion du fubiect qu'on appelle ou
melancholique, ou fanguin, ou autrement : ainfi eft-il bien mal-aifé de ren-
contrer vne Republique où ces trois

choſes ſoient ſi iuſtement proportionnées
que l'vne n'excede point l'autre ; l'eſtat
Romain eſtoit compoſé de la Monarchie,
de l'Ariſtocratie, & de la Democratie,
mais il tenoit plus du gouuernement populaire que des deux autres, dautát que le
peuple cognoiſſoit des deux plus importá-
tes choſes d'vn Eſtat, aſſauoir de la recom-
penſe par la creation des Magiſtrats, & de
la peine par la ſouueraineté de ſes iugements. C'eſt pourquoy Tacite a dict auec
beaucoup de raiſon que L. Brutus fut autheur de la Liberté & du Conſulat, attendu que la Liberté ſe trouue en toute ſorte d'Eſtats, ſinon en la Monarchie.

3.   *On creoit les Dictateurs pour vn temps.* Le
premier Dictateur de Rome fut Titus
Lartius, ou Largius. Le temps de ſa creation fut l'an 253. L'exemple en fut pris
ſur les Eſſymnites des Grecs. La cauſe
de ſon inſtitution fut pour remedier à
l'entrepriſe des Latins, & à la ſedition du
peuple, lors que l'authorité Conſulaire
eſtant trop foible pour s'oppoſer à la force
de tant d'ennemis aſſociez, & pour contraindre vn peuple mutin d'aller à la guerre, d'autant qu'il demandoit vne quittáce

generale de toutes ses debtes, on fut contraint de créer vn Magistrat plus souuerain que les Consuls, afin de repousser les
assauts de ces nations coniurées à la ruine
de l'Empire, & de ranger à son deuoir ceste populace seditieuse; l'effect n'en fut pas
inutile. Il faut donner la definition de Dictateur. *C'estoit vn Magistrat vnique, extraor-*
dinaire, souuerain, & semestre. Il estoit *vnique,*
afin qu'il eust plus d'authorité, par vne raison du tout contraire à la pluralité des Cô-
suls, car ils estoient deux afin qu'ils eussent
moins de pouuoir. Il estoit *extraordinaire,*
dautant qu'on ne le creoit qu'en des
temps extraordinaires, & pour des occasions peu communes. Car les Romains ne
commettoient guieres le salut de leur Republique à la puissance d'vn seul, sinô quád
elle estoit reduite en quelque affliction
irremediable; comme lors qu'vn malade
est hors d'esperance de guerir par les re-
medes ordinaires, & qu'on l'abandonne
entre les mains de quelque Empirique.
Quand la Republique estoit en pleine
santé, elle auoit horreur de ce souuerain
Medecin; estoit elle à l'extremité? elle n'a-
uoit recours qu'a son aide. On ne creoit
au commencement les Dictateurs, que

pour des caufes de grande importance,
comme pour combatre quelques puiſſants
ennemis, qui comme des torrents impe-
petueux ſe deſbordoit quelquesfois dans
l'Italie; on les faiſoit auſſi pour remedier
aux tumultes populaires, pour faire aſſem-
bler les Eſtats, pour faire celebrer les fe-
ſtes, & pour faire ceſſer la peſtiléce. Car les
Romains auoient ceſte opinion ſuperſti-
tieuſe, que le Dictateur faiſoit ceſſer la
contagion, auſſi toſt qu'il fichoit vn clou
dans vne des murailles du Temple de Iupiter vers la Chapelle de Minerue, ce qui
a donné occaſion à quelques vns, d'eſcrire
que le nombre des clous fichez par les Dictateurs, eſtoit la marque des années,
c'eſtoit vne choſe bien mal-aſſeurée; ie ne
puis croire que les Romains euſſent tant
manqué de iugement, que de marquer le
cours ordinaire des ans, par vn accidét extraordinaire comme la peſte. La ville n'en
eſtoit pas touſiours affligée : il faut donc
interpreter cela fauorablement, & dire,
que tous ces clous n'eſtoient pas ſimple-
ment marques des années, mais des années
contagieuſes. On crea en fin les Dictateurs pour des cauſes plus legeres, comme
pour faire celebrer les ieux. Le Dictateur

eftoit *Souuerain*, d'autant qu'il auoit vne
puiffance abfoluë, voire plus grande que
celle des Rois, car il pouuoit fans prendre
aduis de perfonne, fans autre forme de
procés, & fans appel, condamner vn Citoyen Romain à la mort. Bref il auoit
puiffance de tout faire, finon de monter à
cheual fans la permiffion du peuple, fuft,
ou pour moderer par cefte reftriction fon
authorité demefurée, ou pour ce que la
principale force de la Republique confi-
ftant en l'infanterie, il ne la peut abandonner fans mettre l'Eftat en peril. Toutesfois cefte domination fut tellement raua-
lée depuis, qu'on pouuoit appeller du Dictateur au Peuple. Les marques principales de la dictature eftoiét la pompe effroyable de vingt-quatre Licteurs, portans
deuant luy les faiffeaux de verges, & de
haches. Sa creation faifoit ceffer tous les
Magiftrats excepté les Tribuns du Peuple. Il eftoit creé par celuy des deux Confuls qui auoit les maffes à fon tour. Nul
n'eftoit capable d'eftre honoré de la Dictature, s'il ne l'auoit efté du Confulat.
Le Colonnel de la Cheualerie Romaine
eftoit creé par le Dictateur. La derniere
partie de noftre definition, porte que ce

B iiij

Magiſtrat eſtoit *Semeſtre*, ce qu'il faut entendre regulierement, car irreguliere-
ment, il duroit ou plus, ou moins de ſix
mois. Plus, lors que les occaſions pourquoy
on l'auoit creé duroient encore, comme
lors que Camillus fut continué; moins, lors
qu'elles eſtoient ceſſées, comme quand
Elius Mamercus ce bon Romain, la quitta
volontairement le ſecond iour qu'il l'eut
exercée, diſant au peuple, *Afin que vous*
recognoiſſiez, Meſſieurs, combien les longues
puiſſances me ſont odieuſes, ie me demets de la
Dictature, Sylla ne s'en defiſt pas ſi toſt, ce
fut le premier qui la fiſt longue, & Iules
Ceſar perpetuelle.

Les Decemuirs n'eurent que deux ans le gou-
uernement de la Republique.

Le mot de Decemuirs eſt equiuoque,
c'eſt pourquoy ie le diuiſeray en ſes diuer-
ſes ſignifications, comme vn tout en ſes
parties; il ſignifie premierement les dix
Senateurs qui gouuernerent la Republique durant l'interregne d'entre la mort
de Romulus, & l'élection de Numa. Il eſt
pris ſecondement, pour les Preſtres qui
eſtoient commis à la garde des liures des
Sybilles, & à la ſurintendance des cerimonies de la Religion Romaine. En troi-

siesme lieu, il signifie ceux qui presidoient aux ventes que l'on faisoit a l'encan : dauantage, ceux qui estoient deleguez à l'administration de la Iustice, & tirez de dix vn du Conseil des cent ; Mais il ne signifie autre chose en cet endroit que les dix hommes qui furent pourueus d'authorité Consulaire, & annuelle en l'an 302. la cause de leur institution fut pour gouuerner la Republique, & pour rediger des ordonnances sur lesquelles on peust regler les iugemens des procez. La premiere année de leur Magistrat, ils firent des loix tirées tant des statuts de la Grece, que de l'vsage du pays, approuuées par le consentement des trois Estats, & redigées en dix Tables. L'an de leur charge estant expiré, ils furent continuez pour l'année suiuante, adiousterent vn supplément de deux autres Tables aux dix premieres : ce receuil a esté comme vn leuain qui a faict sourdre tout ce grand amas de loix que nous appellons le droict Ciuil. Ces dix hommes firent ensemble vne conspiration contre la liberté de la Republique, iurerét de se maintenir les vns les autres, d'empescher de tous leurs efforts la conuocation des Estats, & de retenir à perpetuité

le gouuernement de l'Eſtat. Ce furent les
principaux articles de leur confederation.
Ils exercerent en ceſte ſeconde année vne
infinité de tragicques inſolences, firēt d'v-
ne Republique mixte vne Oligarchie : la
ſeule cauſe de tout cela vint de leur continuation. La troiſieſme année, ils ſe confir-
merēt en la meſme charge de leur propre
authorité, firent marcher deuāt eux vn ap-
pareil eſpouuātable de ſix uingts Licteurs,
& furent la ſeule occaſiō de tous les maux
qui arriuerent aux Romains, tant dedans que dehors la ville. Elle eſtoit pleine
de bourreaux, inueſtie des ennemis, aban-
donnée des principaux citoyens ; on ne
voyoit par tout, que verges, que haches,
que carnages, que matieres d'affliction.
En fin apres auoir exercé vn nombre infi-
ny de cruelles perſecutions, ſe voyants
pourſuiuis du peuple, & abandonnez de
leurs ſoldats, ils furent contraints de de-
poſer auecques honte la puiſſance qu'ils
auoient vſurpee auec tyrannie; en partie la
mort, en partie la confiſcation des biens,
& l'exil, furent les ſupplices de leurs crimes ; la derniere cauſe de leur ruine, vint
de l'amour impudique de Clodius, qui fol-
lement paſſionné de la beauté d'vne ieune

fille nommée Virginie, fut si effronté que
de maintenir deuant la face de la Iustice,
& en la presence de Virginius pere de la
fille, qu'elle estoit née d'vne sienne escla-
ue ; le pere craignant que l'authorité de
Clodius ne trouuast plus de faueur enuers
les Iuges que l'equité de sa cause, tua sa
fille sur le champ, preferant sa mort, à la
seruitude. Cet accidét tragique & funeste
redoubla la haine qu'on portoit à ces dix
Tyrans, & auança la ruine de leurs affaires. Voila comment ceste domination eut
vne fin aussi honteuse que la Monarchie
Royalle. Ce changement fut plus remar-
quable par les cruautez & par les miseres,
que par la durée : il dura toutesfois plus
de deux ans, quoy que Tacite ait escrit
qu'il ne passa point ce temps : mais c'est
qu'il n'a voulu parler que des Decemuirs
legitimement instituez; Car en la troisiesme année, ils se continuerent comme i'ay
dit, de leur propre authorité, & sans électió
du peuple ; c'est pourquoy apres les deux
ans qu'ils eurent esté créez solemnelle-
ment, on ne les a point deu tenir en qualité de Magistrats, mais de personnes priuees. Au reste ie ne suis point de l'opinion
de Vertranius, qui veut qu'on lise que l'au-

thorité des Decemuirs ne paſſa point plus
de trois ans, ma raiſon, ceſt que cela ſignifie trois ans incluſiuement, ce qui eſt faux,
par le teſmoignage de tous les autheurs.

*Le pouuoir Conſulaire ⁵ des Tribuns de guerre
ne fut pas de longue durée.*

Apres le gouuernement des Decẽuirs, on
eut recours au Conſulat, puis du Conſulat
on vint aux Tribuns de guerre pourueuz
d'authorité Conſulaire. Le temps de leur
creation fut l'an 311. L'autheur , le Tribun Canuleius , qui propoſa le premier
que l'vn des Conſuls fuſt eſleu du corps du
peuple. La cauſe principale de leur inſtitution fuſt l'inſtance que fit la communauté
du peuple de faire paſſer ceſte propoſition
en force de loy. La Nobleſſe ſi oppoſa
tant qu'elle peut , cõme en eſtant fort in-
tereſſee, pour ce qu'elle eſtoit de long
temps en poſſeſſion du Conſulat : mais en
fin apprehendant que ceſte requiſition ne
paſſaſt malgré qu'elle en euſt, & qu'il n'ar-
riuaſt vn plus grand inconuenient de la
refuſer que de l'accepter , il fut trouué à
propos de faire au lieu des Conſuls , ſix
Tribuns de guerre pourueuz de puiſſance
Conſulaire , deſquels le nombre de trois,
ſeroit creé des Gentils-hommes, les autres

trois du corps du peuple. On n'en crea la
premiere fois que la moitié du nombre
arresté, encores tous Nobles, le peuple se
contenta de n'estre point exclus de ce
droict. Ces Magistrats ne differoient d'a-
uec les Consuls que du seul nombre, & du
nom. Car en effect c'estoient des Consuls,
mais il plaisoit à ceste nation fantasque de
les appeller autrement, ne plus ne moins
que ces gouteux qui se flatans en leur mal,
ne veulent pas que l'on nomme du nom
de goutte, l'humeur maligne qui les tour-
méte, côme si cela leur donnoit de l'allege-
mét. On ne crea point moins que trois de
ces Tribuns militaires, ny plus de six, encores que Tite-Liue en mette quelquesfois iusques à huict; mais c'est vn nécom-
pte tout visible. La Republique fut diuer-
sement gouuernée depuis leur institution
iusques en l'an 387. tantost par eux, tantost par les Dictateurs, & tantost par les
Consuls. C'est pourquoy Tacite a escrit
que le pouuoir Consulaire des Tribuns de
guerre ne fut pas de longue durée.

*La domination° de Cinna, celle de Sylla pa-
reillement s'aneantirent en peu de temps.*

Depuis les derniers Tribuns de guerre
pourueuz d'authorité Consulaire, la Re-

publique fut ordinairement gouuernée
par les Confuls, iufques à la domination
de Cinna. Ce Tyran fut vn des plus
grands fleaux dont iamais l'Eftat Romain fut affligé. Il fut faict Conful en
l'an 666. puis depofé de fa charge par le
Senat, chaffé de Rome par le peuple,
cette honte l'irrita de telle forte qu'il
ne fift autre chofe depuis ce temps là, que
de mediter des vengeances, & les exercer
contre fa patrie. Il alla trouuer l'armée qui
eftoit vers Nole, gaigna premierement les
Centeniers, puis les Capitaines, en fin les
foldats : ils luy prefterent tous le ferment
d'obeiffance, ioignit auec eux vn grand
nõbre de nouueaux Bourgeois R. les diuifa
en 300. trouppes, & en fournit 30. à la maniere des Legions, r'appela d'exil Marius,
fon fils, & tous les autres bannis par Sylla,
vint auec cefte puiffance effroyable faire
la guerre à fa patrie, retint toutes les marques Confulaires, entra dans Rome en la
mefme année, y receut C. Marius par certaines capitulations, fift mourir de diuers
fupplices plufieurs perfonnes de qualitez
eminentes, il ne refpandit le fang humain
au commencement, que pour affouuir fa
vengeance, mais à la fin l'auarice augméta

la cruauté de telle forte qu'il oftoit la vie pour auoir les biens ; la probité , les commoditez, les honneurs, eftoient des crimes dignes de mort ; on mefuroit le merite de la peine à la quantité des richeffes; les plus opulents eftoient les plus criminels. En fin apres auoir commandé tyranniquement enuiron trois ans , il fut maffacré par fon armée en 669. eftant plus digne de mourir à la difcretion du victorieux , que par la main de fes foldats.

La domination de Sylla[7] pareillement s'aneantit en peu de temps.

L'Italie n'eut pas loifir de fe releuer, & de prendre haleine apres la mort de Cynna, que Cornelius Sylla vint tout auffi toft prendre poffeffion de la Tyrannie, & frapper comme vn nouueau coup dedans la premiere playe que la Republique auoit receuë. Apres donc qu'il eut rendu fon voyage d'outre mer & fon Confulat memorables , par les victoires qu'il gaigna contre le Roy Mytridates, par le traicté de paix faict auecques luy , par la reduction d'vne grande part de l'Afie, par la prife d'Ilion, & par la rendition d'Athenes , il vint auec vne puiffante armée troubler le repos de la Republique Romaine: il remplit

la ville de Rome & l'Italie de carnages in-
humains , & perdit par l'ignominie de ses
cruautez, tout l'honneur de ses victoires.
C'est vne chose merueilleuse qu'en si peu
de temps il passa de l'extremité de la clemence en celle de la felonnie, sentant plus
le Tygre que l'homme,soit que ce fust ou
vn changement d'humeur causé par la
mutation de la fortune, ou seulement vne
simple descouuerture d'vn barbare naturel, lequel ayant esté long temps retenu
par l'impuissance de nuire, fist comme vn
Lyō furieux ceste impetueuse saillie si tost
qu'il eut le pouuoir de faire du mal. La
principale maxime q̃ tint Sylla pour paruenir à l'Empire, fut de remedier aux maux
estrãgers pour guarir plus aisément les domestiques, & de vaincre les ennemis de la
Republique,auant que d'assubiectir la Republique. Il fist de tresgrands seruices à
l'Empire, mais ce n'estoit que pour se rendre maistre d'vn plus grand Estat ; ne plus
ne moins que ceux qui prennent la peine
d'engraisser des oiseaux en müe, pour en
faire meilleure chere. Il entra dedãs l'Italie en 670. lascha contre ses Citoyens, ses
soldats rendus plus audacieux par les victoires de l'Asie, comme des leuriers encouragez

encouragez par des curées. En 671. il prist
la qualité de Dictateur, discontinuée par
l'espace de 120. ans. Le premier iour qu'il
fist les proscriptiõs, on afficha par placards
les nõs de quatre-vingts hõmes qu'il vouloit faire mourir : le second de 220. & le
troisiesme d'autant. Le salaire de celuy qui
rapportoit la teste d'vn des proscripts
estoit deux talents ; la peine de celuy qui
en sauuoit vn, estoit la mort, & sans ex-
ception de personne ; non pas mesme du
pere qui sauuoit son fils ; les enfans de ces
pauures condamnez, & les enfans de leurs
enfans estoient notez d'infamie, & tous
leurs biens confisquez ; il ny auoit lors à
Rome, Autel, Temple, ny maison qui ne
fussent souillés de meurtres; les bourreaux
tiroient les maris d'entre les bras de leurs
femmes; les enfans d'entre les bras de leurs
meres. La richesse, les belles maisons, les
dignitez, la Vertu, estoient des occasions
de mourir, comme les inimitiez particulieres : en fin apres que ce monstre prodigieux eut veu respandre le sang humain
iusques à cœur saoul, il remist la dictature
entre les mains du peuple, reprist sa condition priuée, & eut l'asseurance de fre-
quenter parmy les autres Citoyens, auec

C

la mesme liberté qu'vn homme de bien,
exposant sa vie à la vengeance de tous
ceux qui se fussent voulu ressentir de ses
cruautez : sa domination dura enuiron
cinq ans, à compter depuis l'annee de son
retour qui fut en 670. iusques à sa demis-
sion qui fut en 674.

La puissance de Pompée, & de Crassus ceda
bien tost à Cesar. Iules Cesar se seruit de
deux moyës pour paruenir à l'Empire, l'vn
fut son habileté, l'autre sa valeur. Il vsa du
premier en toutes choses, mais sur tout en
la façon dont il se comporta au cōmence-
ment auec Crassus, & Pompée. Car quand
il eut recogneu la grande authorité qu'ils
auoient à Rome, l'inimitié qui estoit en-
tr'eux, & qu'il estoit encores trop foible
pour les combatre, ils les reconcilia ensemble, & se les rendit amis, en les rendant
amis l'vn de l'autre, mais c'estoit afin de les
amuser, & de leur faire couler doucement
le temps, pendãt qu'il feroit ses menées se-
crettes, pour ruiner leur fortune. Ils se rendirent tous trois si puissans par leur vnion,
que toutes choses despendoient d'eux,
comme des trois Maistres de la Republique, leur confederation ne fut pas longue,
l'ambition de regner la rompit inconti-

nent, & Cefar demeura bien toft feul, &
fouuerain. Les Parthes tuerent Craffus
& deffirent fon armée en 700. Iules Cefar vainquit Pompée en 705. en la bataille
memorable de Pharfale, où la mort de
quinze mille hommes tous plats eftendus
fur la terre, la prife de vingt-quatre mille
prifonniers, de cent quatre vingts drap-
peaux, & de neuf Aigles, ne luy coufta que
deux cents trente hômes; le fuccez de cefte iournée rôpit tous les obftacles qu'on
pouuoit oppofer à la grandeur de Iules
Cefar. Pompée, apres auoir receu cet ef-
cheq, fut malheureufement tué de fang
froid en s'enfuyant en Egypte, & ce qui eft
de plus inhumain, deuant les yeux mefmes
de fon fils, & de fa femme Cornelie: on fift
vn prefent de fa tefte à Iules Cefar, il fift
mourir les meurtriers au lieu de les re-
compenfer, verfa des larmes au lieu de s'en
refiouïr, & tefmoigna par fes regrets, que
iamais vn cœur vaillant & genereux, ne
fcauroit prendre plaifir à la cruauté.
Quand le Senat fceut les nouuelles de la
deffaicte, & de la mort de Pompée, il fift
abbatre fes ftatues, celles de Sylla femblablement, afin de remplir leurs niches des
images du victorieux. C'eft depuis cefte

bataille qu'il faut compter la Monarchie
de Iules Cefar: il commença la guerre Ci-
uile contre Pompée en 704. le deffift en
705. Craffus eftoit mort enuiron quatre
ans auparauant ; c'eft pourquoy Tacite
a dict que la puiffance de Pompée, & de
Craffus, ceda bien toft à Iules Cefar.

[8] *Et les armes d'Antonius & de Lepidus à la
bonne fortune d'Augufte.* Augufte praticqua
beaucoup de maximes que fon pere auoit
obferuées. Il fift en fept cent dix vne ligue
auec Antonius, & Lepidus. La fin appa-
rente de cefte confederation fut pour
gouuerner la Republique; mais la vraye,
c'eftoit pour l'affubiétir. Augufte y fut
pouffé par deux caufes; la premiere & la
principale, eftoit l'ambition de regner:
l'autre, le defir de vanger la mort de fon
pere : Ils firent le Triumuirat à l'exemple
de Iules Cefar, les profcriptions à l'imita-
tion de Sylla. On afficha publiquement
les noms des profcripts, & les taxes du fa-
laire des meurtriers. Ils partagerent l'Empire ne plus ne moins qu'vne fucceffion
legitime. Augufte & Antonius furent
bien-toft en mauuais mefnage, puis fe re-
concilierent, & firent de nouueaux partages de l'Eftat; Antonius en eut vne partie,

mais feulement en depoft, car Augufte eut
tout à la fin en propriété. Il deffift Lepidus en fept cents dix-fept, luy donna la
vie, & le fift renoncer à la pretenfion du
Triumuirat : commença la guerre contre
Antonius en fept cents vingt & vn, le
vainquit en fept cents vingt-deux en la
bataille Actiaque : ceft depuis cefte iournée que la Monarchie d'Augufte commença, comme ie le monftreray cy apres.

9 *Qui foubs le tiltre de Prince, receut la fouueraineté de la Republique.* Quand Iules
Cefar prift le nom de Dictateur perpe-
tuel, quelques vns s'en offencerent, Augufte fçachant cela, voulut adoucir par
la modeftie du nom de Prince, ce que
fa domination auoit de plus dur, & de
plus fafcheux. Car ce mot ne fignifioit
autre chofe entre les Romains, qu'vne
fimple preéminence de rang par deffus les
Senateurs. Ceft pourquoy recognoiffant
bien l'humeur du peuple Romain, qui de-
teftoit plus le nom de la feruitude, que la
feruitude mefine, il negligea les plus rele-
uées qualitez, de Roy, de Dictateur, & de
Seigneur, reietta fort aigrem ent la flaterie
d'vn qui en plein Theatre l'appella fon
bon Seigneur ; fift deffenfe expreffe par

C iij

Edict de le qualifier ainsi. Tybere fist
vne belle repartie à quelqu'vn qui l'appella de ce mesme nom : *Ie suis Seigneur de mes*
esclaues , luy respondit-il , *Empereur des*
gens de guerre , & Prince du reste du peu-
ple. Scipion l'Affriquain tança genereu-
sement ses soldats quand ils le proclame-
rent Roy. Mais si Auguste fut habile en
ses comportements publics , il ne fut pas
moins prudent en ses actions domestiques ; car bien qu'il eust dessus ses enfans
deux grandes puissances, l'vne naturelle,
comme Pere , l'autre violente , comme
Prince, si est-ce qu'il ne voulut iamais permettre qu'ils l'appellassent du nom de Seigneur, ny serieusement, ny par jeu. I'ay veu
autrefois vn grand Prince se mocquer de
ces hommes vains, qui comme si la qualité de pere estoit honteuse, aiment mieux
que leurs enfans les appellent du nom de
Monsieur, qui est vn nom de vanité , que
du nom de pere , qui est acquis par la nature. Cette obseruation nous apprendra
que iamais vn Prince nouuellement estably, ne doit prendre des qualitez odieuses
à ses subiects, ny effacer par la vaine gloire
des tiltres ambitieux, les apparences de
l'ancienne liberté.

SOMMAIRE.

Des moyens par lesquels Auguste paruint à l'Empire & maintint son authorité : Des successeurs qu'il se prepara : De l'Estat de Rome : Des diuers iugements qu'on faisoit de ceux qu'on croyoit aspirer à la domination, apres sa mort.

CHAPITRE I.

APres la mort de Cassius, [1] & de Brutus : qu'il ny eut plus aucune armée pour la Republique : que Pópée [2] eut esté deffait en Sycille, Lepid° despouillé [3] de toutes ses forces, Antonius tué, qu'Auguste Cesar fut demeuré seul Chef du party de Iules, il quitta le nom de Triumuir, [4] & prist la qualité de Consul, à laquelle il se contenta de ioindre celle de Tribun, pour auoir la protection du peuple;

puis quand il eut attiré le cœur des
soldats par le moyen de ses dons [5], la
bonne grace du peuple par les largesses de viures : bref, l'affection de
tout le monde par la douceur du
repos [6],il commença de s'esleuer peu
à peu,& d'entreprendre sur les charges du Senat, sur les autres Magistrats, & sur les loix, en prenant en-
tierement la cognoissance de toute
sorte d'affaires, sans qu'aucũ s'oppo-
sast à ses entreprises; dautant que les
plus fascheux à dompter, estoient
morts aux guerres passées, ou par la
cruauté [7] des proscriptions.Les Gentils-hommes qui restoient, voyans
la faueur du Prince, dautant plus
portée à les aduancer aux richesses,
& aux dignitez, qu'ils se monstroient
prompts à l'obeïssance, preferoient
l'asseurance des choses presentes , à
l'incertitude de les remettre à l'estat
passé:les Prouinces mesmes ne refu-

soient point ceste forme de gouuernement; dautant que l'authorité du
peuple, & du Senat, leur estoit suspe-
cte, pour les querelles des grands, &
pour l'auarice des Magistrats, le secours des loix estant inutile, & leur
puissance violée, par la force, par les
factions, & par l'argent. Au surplus
Auguste, pour maintenir sa grandeur par le moyen d'vn plus fort
appuy, fist pouruoir du Pōtificat, [8] &
de l'Edilité currule Claudius Marcellus aucunement ieune, & fils de sa
sœur : agrandit par deux Consulats
continus, [9] Marcus Agrippa [10] hōme
de bas lieu, mais grand Capitaine, &
compagnon de sa victoire : le fist son
gendre incontinent apres la mort de
Marcellus : fist honorer du nom
d'Empereurs [11], Tybere, & Claudius
Drusus, qui estoient fils de sa femme ; bien qu'il eust encore tous
ses enfans : car il auoit adopté [12] en la

famille des Cefars Caius, & Lucius,
enfans d'Agrippa, lefquels n'ayans
pas encores quitté la robbe d'enfance, il auoit paffionnément defiré de
faire appeller Princes[13] de la ieuneffe,
bien qu'en apparence il fift femblant
de le refufer. Apres la mort d'Agrippa, comme Lucius Cefar eftoit en
chemin pour aller treuuer l'armée
d'Efpagne, & que Caius indifpofé
d'vne bleffeure s'en reuenoit d'Armenie,[14] vne mort trop precipitée,
ou la mefcháceté de leur maraftre Liuia, les retira tous deux hors du monde; de telle forte que Drufus eftant
mort long temps auparauant, il ne
reftoit plus que Tybere des enfans
de Liuia; alors toutes chofes com-
mencerent à fe tourner deuers Tybere; Augufte l'appelle fon fils; le reçoit auecques luy Coadiuteur de
l'Empire, & Collegue du Tribunat:
on le faict voir aux armées; fa mere

ne luy procure plus la puiſſance ſouueraine par des praticques ſecrettes,
comme auparauant : mais ouuerte-
ment, & par des ſollicitations publiques; car elle auoit ſi bien attaché les
affections d'Auguſte à toutes les
ſiennes, & le poſſedoit ſi abſolu-
mét, qu'il relegua en l'Iſle de Planaſie,
[15] Poſthumus Agrippa ſon petit fils
vnique; il eſt bien vray qu'Agrippa
eſtoit fort groſſier, & fort ignorant
de toutes choſes honneſtes : meſmes
outrecuidé mal à propos, pour la force de ſon corps : mais toutesfois il ne
ſe trouuoit conuaincu d'aucú crime.
Auguſte donna le commandement
d'huict Legions [16] à Germanicus fils
de Druſus, pour faire la guerre vers
le Rhin : & voulut que Tybere l'ado-
ptaſt, [17] combié que Tybere euſt vn
ieune fils; mais il le faiſoit afin de ſe
fortifier d'vn plus grand ſupport. On
ne faiſoit lors aucune guerre ſinon

contre les Allemands, mais pluftoft
pour effacer par la vengeance le des-
honneur que la Republique auoit
receu, de la perte d'vne armée, & de
Quinctilius Varus, que pour accroi-
ftre l'Empire par ambition, ou pour
en auoir quelque recompenfe digne
des Romains. Toutes chofes eftoient
paifibles dans la ville; les Magiftrats
n'auoient point changé de noms;
les plus ieunes des Citoyens eftoient
nez depuis la victoire Actiaque, mef-
mement plufieurs vieillards durant
les guerres ciuiles; combien donc y
pouuoit il auoir d'autres perfonnes
qui euffent veu l'ancienne Republique? Ainfi, tout l'eftat de la
ville eftant renuerfé, il ny paroiffoit
plus aucune marque de l'antique, &
loüable gouuernemét; toute egalité
en eftant oftée, chacun ne regardoit
plus qu'a faire les commandements
du Prince, fans rien craindre pour le

preſent, tant qu'Auguſte ſain & diſ-
pos,& en vn aage plein de vigueur,ſe
maintint en bonne ſanté, conſerua
la paix en la Republique,& l'Empire
en ſa maiſon : mais comme ſur le de-
clin de l'aage,il fut trauaillé de maladies,qu'on recogneut qu'il ne pouuoit plus gueres viure , & qu'on
fondoit de nouuelles eſperáces ſur ſa
mort ; quelques vns, mais peu, com-
mencerent à parler en vain du bien
de la Liberté , pluſieurs à craindre la
guerre, les autres à la deſirer ; la plus
grande partie de tous parloit fort
diuerſement , de ceux qui ſem-
bloient aſpirer à la domination.
Les vns diſoient qu'Agrippa eſtoit
cruel , & profondement irrité dedans ſon ame, pour l'infamie qu'il
auoit receüe ; que ſon experience, ny ſon aage, ne reſpondoient à
vne charge de telle importance:Que
Tybere auoit l'aage ſuffiſant ; auec

vne longue practique de la guerre,
mais qu'il eſtoit extraict de la race
des Claudiens, en laquelle l'orgueil
eſtoit naturellemét enraciné; Qu'on
remarquoit en ſes actions pluſieurs
ſignes de cruauté, & qu'il luy en eſ-
chappoit des ſaillies, quelque artifice
qu'il apportaſt pour la cacher; Que
des ſa premiere enfance il auoit eſté
nourry en vne maiſon imperieuſe, &
de longue main accouſtumée à la
domination; qu'il auoit obtenu des
ſa ieuneſſe pluſieurs Conſulats, &
pluſieurs Triōphes; que meſme durant les années qu'il garda ſon banniſſement dans Rhodes, ſoubs pretexte de ſe retirer en ſolitude, il n'a-
uoit faict autre choſe que de mediter des vangeances, des perfidies, &
des voluptez ſales, & ſecrettes; dauantage, que ſa mere auoit vn eſprit
imbecille, comme ceſt vn deffaut
naturel du ſexe, qu'il faudroit obeyr

à la volonté d'vne femme;qui plus
eſt,aux appetits de deux ieunes hommes, qui oppreſſeroient la Republique cependant qu'ils ſeroient amis,
& la diuiſeroient vn iour par les diſ-
cordes ciuiles , s'il arriuoit , qu'ils
fuſſent en mauuais meſnage.

OBSERVATIONS.

APres la mort [1] de Caſſius & de Brutus.
I'ay dict cy deuant, qu'Auguſte auoit
deux intentions ; l'vne de vanger la mort
de ſon pere , l'autre d'vſurper l'Empire ; il
tira bien toſt ſa raiſon de Caſſius, & de
Brutus, meurtriers de Iules Ceſar. Il les
deffiſt tous deux en la guerre de Philippes,
en ſept cents vnze. Ce fut le dernier effort
de la Liberté mourante:la fortune y adiu-
gea l'Empire au victorieux:Brutus fut depuis miſerablement aſſaſſiné, par celuy
meſmes qui l'accompagnoit en ſa fuite,
Caſſius ſe tua de ſa propre main.

[2] *Que Pompée eut eſté deffaict en Sycille,
Lepidus deſpouillé de toutes ſes forces , &
Antonius tué.* Apres qu'Auguſte eut com-

batu pour la pieté, & deffaict ses ennemis,
il fallut combatre pour l'ambition, & vaincre ses compagnons. Il defist auparauãt en
Sycille, l'an 716. Sextus Pompeius fils du
grand Pompée : Lepidus fut vaincu en
7:7. Antonius en sept cents vingt & deux,
en la bataille Actiaque, où la victoire
fut en égale balance depuis cinq heures
iusques à sept, vne grande tuerie d'vne
part & d'autre ; le reste du iour & la nuict
suiuante, la bonne fortune fut pour Auguste. L'an sept cents vingt & trois, Antonius se tua luy mesme en Alexandrie : ainsi Auguste surmonta ses ennemis, & se seruit de leurs corps, comme de degrez, pour
s'esleuer sur le trofne de l'Empire.

4   Il quitta le nom de Triumuir, prist la quali-
té de Consul, à laquelle il se contenta de ioindre
celle de Tribun. Auguste se voyant seul
& absolu n'eust peu mieux faire, que de
quitter le nom de Triumuir ; premierement, pource qu'il estoit inutile, n'ayant
plus de compagnons au gouuernement de
la Republique : dautãt qu'Antonius estoit
mort, & Lepidus despouillé de toutes ses
forces, & comme mort entre les viuans.
Secondement, pource qu'il estoit odieux,
à cause que le Triumuirat n'estoit point

vii.

vn gouuernement inftitué par le peuple,
mais vfurpé par les Triuuirs. Il prift au lieu
de ce nom la qualité de Côful & de Tribû:
l'vn des Cômentateurs de Tacite eft fort
empefché à deuiner pourquoy Augufte
ioignit enfemble ces deux charges qui
eftoient comme incompatibles, attendu la
difficulté de les exercer coniointement, &
qu'il fembloit qu'vn Conful derogeaft à fa
qualité, en fe faifant Tribun du peuple.
Voicy les raifons pourquoy il le fift; c'e-
ftoit en premier lieu afin que fi quelq'vn
vouloit faire, ou le rebelle, ou le Tyran, il
luy peuft oppofer la force des armes en
qualité de Conful, & la refiftance du peuple en qualité de Tribun. En fecond lieu,
non feulement pour s'oppofer à l'vfurpa-
tion des autres, mais pour empefcher
qu'on ne s'oppofaft à la fienne; & fans doute qu'il ne fift iamais vn plus grand coup
pour affermir fon authorité, q̃ de prendre
la protection du public. C'eft le pretexte
ordinaire de ceux qui troublent les Eftats;
la France ne le fçait que trop. Voila comme on afferuit le peuple foubs couleur de
le deffendre. Les Romains firent deux
fautes irreparables, en faifant Augufte
Conful, & Tribun. La premiere, de mettre

D

les armes en si forte main, qu'il estoit mal-
aisé de les en tirer. Vn grãd Prince de nostre siecle a fait ceste faute. La seconde, de
commettre leur liberté à la foy d'vn hõme
qui auoit plus d'enuie de l'vsurper, qu'ils
n'auoient de la conseruer : ils firent en cela comme vn imprudent mary, qui baille-
roit sa femme en garde, à quelqu'vn qui
en seroit plus amoureux que luy mesme
n'en seroit ialoux : mais apres auoir faict le
politicque, il ne sera point hors de propos
de faire l'historien, & de traicter des Tribuns du peuple, mais en peu de termes, &
nettement. Les autheurs ne sont point
d'accord du temps de leur institution, les
vns rapportét que ce fut en l'an deux cẽts
soixante, les autres en deux cents soixante
& vn, ou soixante six. La cause de leur
creation fut pour deffendre le menu peuple contre les oppressions des grands. *C'e-
stoient des personnes inuiolables, establies pour
maintenir les droicts du peuple.* I'ay dict, *que
c'estoient des personnes inuiolables*, dautant
qu'ils n'estoient pas proprement des Magistrats, parce qu'ils n'auoient pas pouuoir
d'ordonner : mais de s'opposer. Tous ceux
qui les ont appellez vrais Magistrats, sont
sans doubte, tombez en erreur; l'occasion,

c'eſt qu'ils ne les ont conſiderez que ſelon leur tyrannie, non ſuiuant les loix de leur inſtitution. Ils ont faict la meſme faute que ceux qui deffiniſſent la nature d'vne choſe, par ſes accidents, comme qui deffiniroit le vin qui eſt chaud & ſec, par la nature du vinaigre, qui eſt ſec & froid. Il faut conſiderer les Tribuns en leur pur eſtabliſſement, & non en leur corruption ; car il eſt certain que leur pouuoir legitime conſiſtoit ſeulement à s'oppoſer, & non à faire; ils reſſembloient aux trompettes qui ne font autre choſe qu'animer ; ils excitoient les émotions, & manioient les courages du peuple à leur volonté; Car côme la malice des hommes peruertit l'vſage des meilleures choſes, la meſchanceté des Tribuns changea ceſte petite puiſſance, en vne grande tyrannie; ſi bien qu'il y a eu des Tribuns, qui ſans forme de procez, & ſans ſubiect, on faict mourir des perſonnes de qualité, & de merite extraordinaire. Ils eſtoient *inuiolables*, dautant qu'il n'eſtoit permis à aucun d'attenter a leurs perſonnes, ſur peine de mort; comme eſtans en la ſauuegarde du peuple. I'ay dict qu'ils eſtoient *Eſtablis pour conſeruer les droicts du peuple*, dautant que ce fut la cauſe finale de

leur inftitution. Sylla les rendit fi petits, en
defpit de Marius, qui en auoit efté fauori-
fé, qu'il les fift plus reffembler à des perfonnes priuees, que publiques.

5 *Puis quand il eut attiré le coeur des foldats
par fes dons, la bonne grace du peuple par les
largeffes de viures.* Comme les gens de guerre n'aiment rien tant que l'argent, auffi ny
a t'il rien fi puiffant pour les retenir en deuoir, ou pour les corrompre: car comment
ceux-la pourroient ils mefprifer l'argent,
qui mefprifent mefme leur vie pour en
auoir? ils ne combatent point tant pour la
confcience, ou pour la gloire, que pour l'a-
uarice. Augufte ne pouuoit gagner plus
habilement le cœur des foldats que par la
chofe que les foldats aiment le plus; il les
corrompit, afin de fe rendre plus redoutable, & qu'ayant les armees en fa puiffance,
il peuft contraindre le peuple Romain, &
le Senat de luy accorder par la violence,
ce qu'ils ne voudroient pas faire par la
douceur : mais dautant que les Empires
font mal-affeurez, qui font plus eftablis fur
l'authorité des Princes, que fur la bien-
ueillance des fubiects, il fe voulut fortifier
de l'affection du peuple, à quoy il paruint
par deux principaux moyens : le premier,

par la victoire celebre qu'il gagna contre
Sextus Pompeius, qui pour affamer l'Italie empefchoit auec vne armée naualle
qu'elle ne fuft fecouruë des bleds de la
Sycille, & de la Sardaigne; cette victoire
rendit le paffage libre, & la ville abon-
damment pourueuë de toute forte de
bleds. Le fecond moyen, fut la grande
largeffe de viures qu'il donna au peuple;
cefte magnifique profufion rendit tout
le monde paffionné pour fon feruice ; il
n'eft rien d'inexpugnable contre la force
des dons ; & n'eft befte fi farouche que
le bon traictement n'adouciffe; les Tygres, & les Lyons s'appriuoifent par les
bien-faicts. Celuy certes, qui le premier
enfeigna l'vfage de la liberalité, trouua des
cheines infiniment fortes, & des charmes
merueilleufement puiffants, pour atta-
cher les affections des hommes. Ie ne veux
pas toutesfois appeller liberalité, la profufion d'Augufte : l'homme liberal regarde
plus le bien d'autruy que le fien propre,
Augufte regardoit plus fon bien propre;
que celuy d'autruy; la liberalité eft gratui-
te, Augufte efperoit la domination pour
l'intereft de fes largeffes;& bien qu'il don-
naft beaucoup, fi eft-ce qu'il n'eftoit pas

liberal pour tout cela; la raifon eft, que la
liberalité ne fe doibt pas mefurer à la
quantité de ce qu'on donne, mais à la bonne volonté de laquelle on donne; fon in-
tentiõ eftoit inique. Les profufions excef-
fiues, font des crimes capitaux és Republiques biẽ reglées, & des marques prefqu'in-
faillibles d'vn courage ambitieux, & qui
afpire à quelque mauuais deffein. Les
Grecs ont efté fort ombrageux en telles
matieres; femblablement les premiers Romains, qui eftoient de grands politicques.
M. Manlius fut conuaincu d'auoir afpiré à
la puiffance Royalle, & condamné à eftre
precipité du haut d'vn rocher, pour auoir
acquité le pauure peuple, & deliuré les
prifonniers qui tenoient pour debtes; fa
race fut mefme notée d'infamie, fans auoir
aucun efgard au feruice qu'il auoit faict à
la Republique, en conferuant le Capitole
contre les Gaulois.

6   *Bref l'affection de tout le monde par la dou-*
ceur du Repos. La Republique infiniment
trauaillée des guerres ciuilles fe mift en la
protection d'Augufte, ainfi qu'vne befte
venée iufques à l'extremité, & qui fans faire de refiftance, fe laiffe prendre au chaf-
feur. Il n'eftoit plus queftion de fçauoir à

quel maiftre on obeïroit, mais d'obeyr à
Augufte ; le peuple y eftoit contraint par
la puiffance du Prince, & incité par l'efperance du repos.

7 *Dautant que les plus fafcheux à dompter,*
eftoient morts aux guerres paffées, ou par la
cruauté des profcriptions. Les profcriptions
firent plus de dommage à la Republique,
que ne firent les guerres ciuiles : les guerres auoient emporté pefle-mefle, & bons
& mefchans; plufieurs hommes valeureux
s'en pouuoient fauuer : mais la cruauté des
profcriptions, ne faifoit mourir que les
gens de bien, il n'y auoit que les mefchans
qui s'en fauuaffent; la valeur eftoit d'autant plus dommageable à ceux qui auoiet
acquis de l'honneur en la profeffion des
armes, qu'elle eftoit fufpecte aux Tyrans.

Les Gentils-hommes qui reftoient, fe voyants
enrichis par les nouueautez, & que la faueur
du Prince eftoit d'autant plus portée à les ad-
uancer aux richeffes, & aux dignitez, qu'ils
eftoient prompts à l'obeyffance. Apres qu'Augufte eut gagné l'affection de tout le monde en general, par la douceur du repos;
celle des gens de guerre par l'argent ; du
peuple, par les largeffes de viures ; il ga-

gna les Gentils-hommes par les richeffes
& par les honneurs, & les obligea par ce
moyen à fon feruice. Apres auoir traicté
de la maniere dont il paruint à l'Empire,
il faut parler maintenant de quelle façon
il maintint fon authorité.

⁸ *Il fift pouruoir du Pontificat, & de l'Edilité*
currule Claudius Marcellus. La premiere
chofe que fift Augufte quand il fe vit fouuerain, fut de mettre les principales charges de la Republique entre les mains de
perfonnes qui dependoient de luy ; ce fut
pourquoy il fift pouruoir du Pontificat,&
de l'Edilité currulle, Claudius Marcellus
fils d'Octauia qui eftoit fœur d'Augufte. Difons deux mots de ces deux charges. L'autheur du Pontificat fut Numa
Pompilius; l'occafion de le creer, fut pour
faire obferuer inuiolablement les premieres cerimonies des Romains , & pour empefcher que celles des autres peuples ny
fuffent receuës; pleuft à Dieu que nous
euffions efté auffi ialoux de la vraye religion, qu'ils fe monftrerent curieux de garder la fauffe; cet Eftat n'auroit point feruy
d'efchàffaut à tant d'inhumaines trage-
dies, Le Pontife eftoit le fuperintendant
de toute la religion, Augufte fift vn traict

d'habile Prince , quand il fist pouruoir
vn des siens d'vne charge si importante ;
c'estoit pour gouuerner les consciences,
& pour faire croire au peuple ; que l'o-
beyssance que le Prince exigeoit de luy,
estoit conjointe auec le seruice des dieux.
Vn party ne peut estre fort, si les ministres
diuins ny sont meslcz. La ligue auança
plus ses affaires aux derniers troubles de
la France, par la persuasion des predica-
teurs, que par la force des armées. Il n'est
point d'Empire plus souuerain que celuy
qu'on exerce sur les consciences. Nous
auons parlé du Pontificat dont Auguste
fist honorer Marcellus , parlons de l'E-
dilité currule. Il y auoit à Rome diuerses sortes d'Ediles ; Ceux qu'on appelloit currules , & dont i'entends parler
en ce lieu furent instituez en l'an trois
cents quatre vingt cinq, la cause de leur
institution fut pour faire celebrer des
ieux solennels, & pour auoir soin des basti-
ments, tant prophanes, que sacrez. Ils a-
uoient permission de se faire porter dedans vne chere d'iuoire, oppinoient des
premiers au Senat, portoient la robe de
pourpre, & se pouuoient faire representer en relief. Voila leurs principales char-

ges & preéminences.

9 *Il aggrandit par deux Consulats continuez.*
Marcus Agrippa. Il y a au Latin, *geminatis*
consulatibus, quelques vns ont traduit, deux
Consulats simplement ; mais contre l'in-
tention de Tacite, car il n'entend pas seulement parler du nombre de deux Consulats, mais de deux Consulats consecutifs,
suiuant les festes Consulaires.

11 *Fist donner le nom d'Empereurs à Tybere, &*
à Claudin. Drusus. Les Romains ont pris en
deux sortes le nom d'Empereur. Premierement pour tout chef qui pouuoit de sa
propre authorité faire la guerre. Secondement pour celuy qui apres auoir vaincu
les ennemis, & fait quelque grand exploit
militaire, estoit proclamé Empereur par
les soldats.

13 *Et auoit passionnément desiré de les faire*
appeller Princes de la ieunesse. Le premier
autheur de ces nouuelles qualitez, fut Auguste : de là est venu que plusieurs des Empereurs qui luy succederent, ont retenu
ceste coustume, & faict appeller de ce
nom ceux qu'ils designoient à l'Empire, ce
qui se voit encor en quelques vieilles in-
scriptions : Toutesfois quelque temps
apres, on n'appella plus Princes de la ieu-

neffe mais Cefars, ceux qui deuoient fuc-
ceder à la puiffance fouueraine.

[14] *Et faire defigner au Confulat.* Augufte
comme i'ay defia dict ; n'auoit autre but,
que de mettre en fa maifon les principales
charges de la Republique ; c'eft pourquoy
il vouloit faire defigner au Confulat, Caius, & Lucius. Caius fut creé Conful, en
l'aage de quatorze ou quinze ans : en quoy
on viola en trois fortes dé loy de l'inftitu
tion des Confuls. Premierement en ce
qu'il n'auoit pas l'aage que l'ordonnance
requeroit, à fçauoir, quarante deux ans.
Secondement, en ce qu'il n'auoit pas exercé la Quefture ; l'Edilité, & la Preture ;
car nul ne pouuoit eftre Conful legitimement, qu'apres l'adminiftration irrepro-
chable de ces trois charges ; Tiercement
en ce que le peuple fut forcé en cefte élection ; par la puiffance d'Augufte, ou corrompu par fes brigues.

[15] *Il donna le commandement d'huict Legions à
Germanicus.* Dautant que la vraye milice
Romaine n'eftoit autre chofe, qu'vne multitude d'hommes armés, bien reglée &
bien ordonnée pour deffendre, ou pour af-
faillir ; il me femble qu'il ne fera point hors
de propos fi ie traicte le plus fuccincte-
ment que ie pourray, de toutes les condi-

E

tions requifes, pour rendre vne Legion
bien ordonnée. Car autrement la milice
Romaine dont la plus grande partie confiftoit en la force des legions ne feroit plus
vne multitude bien reglée, mais vne pure
confufion. Il faut remarquer que les armées Romaines eftoient compofées de
Citoyens, & d'Aliés. Nous parlerons des
derniers en vn autre lieu. La legion eftoit
faicte de Citoyens, qui eftoient de deux
fortes, les vns commandoient, les autres
obeiffoient. Il y auoit deux genres de
Chefs: les vns eftoient Generaux, & les autres Particuliers. Les Generaux eftoient
l'Empereur qui commandoit abfolument
à toute l'armée; puis le Lieutenāt General
qui luy eftoit dōné pour Aide, tant affin de
le confeiller, que de commander en fon
abfence. Polybe met quelquesfois autant
de Lieutenants que de legions. Les chefs
particuliers, eftoient les Tribuns de guerre. Il y en auoit fix en chacune legion, &
autāt de Prefects en chaque efle. ou cor-
ne des Aliés; Soixante Centeniers, & autant d'Aides qui eftoient fous eux. quant à
la Cauallerie, il y auoit trente Decurions,
& trente Aides, ou fous Decurions en l'efle
de gens de Cheual. Voila, tout l'ordre de
la diuifion des chefs. Mais comme il falloit.

que les Tribuns de guerre fuſſent eſleuz
auparauant que les ſoldats fuſſent leués, &
que les ſoldats fuſſent leués auparauant
que d'eſtre enroollés, & qu'ils fuſſent enroollés auparauant que d'eſtre armés, &
qu'ils fuſſent armés auparauant que de
combatre, ainſi conformant à ceſt ordre la
maniere dont ie veux traicter, ie parleray
premierement de la creation des Tribuns
de guerre, de la façon de leuer les ſoldats,
de la maniere de les enrooller, & de les armer, puis à la premiere occaſion qui s'offri-
ra, ie ioindray pluſieurs Legions, en com-
poſeray le corps d'vne armée, & les feray
camper, & combatre. Romulus crea les
premiers Tribuns de guerre. Les Conſuls
en firent autant en la pure Ariſtocratie, &
le peuple en la vraye Democratie. Puis ſelon que ſon authorité croiſſoit, ou dimi-
nuoit, il pouruoioit aux charges de Capitaine, ou bié les Côſuls, ou tous enſemble.
Mais enfin comme la Republique Romaine fut ſoubmiſe à la tyrannie d'vn ſeul, le
peuple fut du tout exclus de ce droit. Il y
auoit auparauant deux genres de Tribuns
militaires. Les vns paruenoient à cét honneur à cauſe de leur experie nce au faict de
la guerre; les autres à raiſon de leurs facul-
tés. Les premiers eſtoient crées de deux

corps affauoir de la Caualerie & de l'Infanterie. Ceux qui eftoient tirés du corps
de la Caualllerie eftoient encore de deux
efpeces. On en creoit 14. du nombre de
ceux qui auoient feruy cinq ans. C'eftoit
la moitié de leur milice, & d'autres qui a-
uoient feruy le temps de dix ans. C'eftoit
la milice parfaicte des gens de Cheual.
Ceux qu'on tiroit de l'Infanterie eftoient
pareillement de deux efpeces; on en creoit
dix du nôbre de ceux qui auoient feruy dix
ans. C'eftoit la moitié de leur milice. On
en creoit encores d'autres qui auoient feruy par l'efpace de vingt ans. C'eftoit leur
milice toute accomplie. Quant au faict des
autres Tribuns de guerre qu'õ eflifoit pour
la feule confideration des biens, leurs charges eftoient moins honorables, pour trois
raifons : la premiere parce que c'eftoient
perfonnes abiectes : la feconde parce qu'ils
n'eftoient point efleuz pour leur merite:
la troifiefme parce qu'on les emploioit le
plus fouuent aux guerres naualles qui
eftoient moins eftimées que les autres. Au
refte les Tribuns que les Confuls efli-
foient, eftoient appelés, *Ruffuli*; Ceux qui
eftoient efleuz par le peuple, *Comitiales*.
Apres la creation des Capitaines, on faifoit le chois des foldats, dans le Capitole,

ou se trouuoit toute la ieunesse qui estoit
en aage de porter les armes. L'aage propre
à la milice par l'ordonnance du Roy Ser-
uius estoit dixsept ans. Les Rommains
estoient contraints par diuerses punitions,
d'aller à la guerre. Durant le bon temps
ceux qui n'y vouloiét point aller en estoiét
quictes pour vne legere amende ; mais les
lois furent depuis plus rigoureuses. La peine de ces desobeissants fut la prison, la
mort ciuille & la confiscation des biens.
Marcus Curius vendit lapersonne , &
les biens d'vn qui ne vouloit pas porter
les armes. La République, (dist Curius)n'a
pas grand besoin d'vn Cytoien qui ne sçait
pas obeïr. Auguste en fit autant à vn
pere qui couppa les pousses à deux de ses
fils , pour les rendre inhabilles à la guerre.
Les Rommains,ny reculoiét guéres quand
le general estoit doux, comme Fabius ; ou
l'ennemy riche , comme Persée. Voila
comme on eslisoit les gens de pied. Mais
d'autant que la Legion estoit composée de
deux principales parties, assauoir de l'infanterie dont nous auons desia parlé, & de
la Cauallerie , que nous n'auons point encore touchée:il en faut traicter maintenát.
Les gés de Cheual estoiét esleuz selõ leurs
biens, qui estoient estimez par le Censeur.

E iij

C'eſt pourquoy le tyran Nabis, reprochoit
aux Rommains que leur diſcipline militaire n'eſtoit pas ſi belle que celle de Sparte.
Vous autres (leur diſoit-il) vous eſliſés
l'homme de pied , & l'homme de cheual
à proportion des commodités. Ils ſe fon-
doient en cela ſur vne principalle raiſon.
c'eſt que les biens des hommes riches,
eſtoient à la Republique des gages de leur
fidellité ; & qu'il y auoit apparence, que
ceux qui auoient plus d'intereſt à la conſeruer , auroient plus de courage à la deffendre. I'y remarque deux ſortes de gens de
cheual ; les vns ſe fourniſſoient de montu-
re & d'entretien , les autres en eſtoient
fournis aux deſpends de la Republique , &
receuoient les cheuaux par les mains du
Cenſeur. Il y auoit le plus ſouuent trois
cents gendarmes en chacune legion.
L'enroollement & le ſerment ſuyuoient
apres l'élection. Ils iuroient tous en ceſte
maniere. Chaque legion choiſiſſoit vn
homme qui faiſoit le ſerment pour tous
les ſoldats ; & promettoit en leur nom
d'obeir aux commandements de l'Empereur , & d'aller par tout ou leurs chefs les
meneroient. Cela faict , les autres ſoldats
iuroient chacun à par ſoy de faire ce que
le premier auoit promis. Voila la maniere

de leuer les legions. Romulus en fut le premier autheur. Quant au nombre des ſoldats dont elles eſtoient compoſées, il a varié vne infinité de fois. Romulus fournit la legion de trois mille hommes, puis l'augmenta de pareil nombre, ſuiuant le rapport de Plutarque. Quelques vns ont voulu impugner ce qu'il en dit, parce que les autres hiſtoriens n'en parlent point. Mais ie tiens que tout homme de iugement doit auoir plus degard à l'exprés teſmoignage d'vn tel autheur que Plutarque, pour affirmer vne verité; qu'a l'obmiſſion de pluſieurs autres pour la nier. Elles ont eſté plus ou moins fournies ſelon qu'il en eſtoit beſoing, & que les forces de la Republique ou des ennemis eſtoient grandes ou petites, comme nous voions augmenter ou retrancher le Regiment des gardes ſuiuant les occaſions. Tantoſt elles eſtoiét de quatre mille hómes, comme au temps de P. Valerius Puplicola, de la guerre contre les Vuolſques, & contre Pyrrhus. Tantoſt elles eſtoiét de quatre mille hommes de pied & de trois céts hómes de cheual, comme au commencemét de la guerre contre Hannibal; tantoſt elles eſtoient augmentées de mille hommes de pied, & de cent cheuaux, cóme en la meſme guerre

E iiij

Punique. Scipion l'Afriquain les augmenta de telle forte , quãd il paffa en Afrique, qu'il remplit chafque Legion de fix mille deux cents hommes de pied , & de trois cents hommes de cheual. On les renforça pareillement en la guerre de Macedone. Mais elles eftoient ordinairement compofées de cinq mil hommes de pied , & de deux cents hommes de cheual , fuiuant l'ancienne ordonnance. Feftus à faict trois fautes fur ce propos , la premiere d'auoir efcript, qu'auparauant Marius la Legion n'eftoit que de quatre mil hommes feulement. La feconde que Marins fut le premier, qui la remplit de fix mil hommes. La troifiefme qu'elle eftoit appellée *quadrata* carrée, à caufe (dit-il) qu'elle eftoit de quatre mille hommes : il y a bien plus d'apparence que ce fuft à caufe de la forme, que du nõbre. Les Legiõs ont quelque fois efté beaucoup moins fournies à l'occafion des deffaictes, des maladies, & des autres accidents qui furuienent aux armées. Les deux Legions de vieux foldats que Cefar auoit menés aux guerres des Gaulles eftoient tellement diminuées à fon retour, qu'il ne reftoit pas fept mil hommes en toutes les deux. Apres donques que les foldats eftoient enroollés & affemblés en

nombre fuffifant pour faire enuiron vne
Legion, les Capitaines les diuifoient en
quatre claffes, ou ordres. La premiere & la
moins honorable eftoit celle des foldats
armés legerement, ils eftoient appelés *Ve-*
lites. Si bien que fi l'infanterie eftoit de
quatre mille deux cents hommes, il y auoit
douze cents de ceux-cy, diuifés egalle-
ment en d'autres genres, & en manipules,
ou compagnies; chaque manipule de quarante hommes de pied. C'eftoient les plus
pauures & les plus ieunes de tous les foldats! Les furieufes ardeurs de la ieuneffe, &
la mifere de leurs conditions leur faifoit
meprifer toute forte de perils. Ils feruoient
comme d'vn rampart aux autres foldats, &
receuoient les premiers toute la defcharge de la fureur des ennemis. Ceux qui
eftoient vn peu plus aagés s'appeloient
haftati, c'eftoit comme vne maniere de
picquiers. Ils eftoient en pareil nombre
que les premiers, & diuifés en dix manipules, chaque manipule de fix vingts
hommes diuifés en deux centuries, chaque centurie de foixante hommes. Ceux
qui eftoient plus aagez que ces deux premieres efpeces, eftoient appelés *Principes*,
egaux en diuifion & en nombre. Les plus
vieux de tous eftoient nommés *Triarÿ*,

moindres en nombre, de la moitié, & diui-
sés en leurs manipules à proportion des autres. Tous ces gens de guerre estants ioints
ensemble estoient separés en dix Cohortes; chaque Cohorte contenoit trois manipules, & chaque manipule estoit rem-
ply de piquiers, & des deux dernieres sortes de soldats, ensemble les premiers appelés *Velites* estants ioints à leurs manipules.
Si la legion estoit plus grande ils la diui-
soient auec la mesme proportion. Mais affin de nobmettre rien de ce qui touche la
legion, ie veux dire seulemét deux mots du
secours des aliés. Car cóme ie lay desia fait
voir, les armées Rommaines estoient com-
dosées de Citoyens & d'Aliez. La legion
estoit faicte de Citoyens, les esles ou cornes
estoient d'aliés. Le secours estoit d'Infanterie, ou de Cauallerie. S'il y auoit six
cents hommes de cheual, ils estoient di-
uisés en extraordinaires, & en autres qu'ils
appeloient *Alares*. Les extraordinaires e-
stoient deux cents, dont il y auoit vn escadron de quarante hommes nommés *Able-
cti*. Les autres au nombre de quatre cents,
estoient separés en dix escadrons, chaque
escadron de quarante hommes de cheual.
En quoy il faut bien remarquer que les
escadrons des aliés estoient plus grands

que ceux des Rommains, aſſauoir, chacun
de dix hommes. Quant au ſecours des gens
de pied s'il eſtoit de quatre mille deux
cents hommes, il eſtoient diuiſés en deux
genres, aſſauoir en ſoldats extraordinaires,
& en eſles. Les extraordinaires eſtoient
huiƈt cents quarante ſoldats, les eſles e-
ſtoient compoſées de trois mille trois cents
ſoixante. Mais dautant que ce n'eſt pas aſ-
ſés que d'auoir faiƈt des Capitaines, leué,
enroollé, & diſpoſé des ſoldats, ſi on ne les
arme pour aſſaillir ou pour deffendre; il
faut voir maintenant les armes dont les
Rommains ſe ſeruoient, Ie commenceray
par la premiere claſſe de ceux qui eſtoiét
armés à la legere. Ils auoient de deux ſortes d'armes, les vnes pour couurir leurs
corps, & les autres pour offenſer leurs ennemis. Ils portoient deſſus leurs teſtes,
en guize de caſques, des peaux de
Lions, de Tygres, de Loups, & d'autres ani-
maux ſauuages. Les Macedoniens, les
Traces, & bref preſque tous les peuples
Grecs & Latins en ont vſé. Les Romains
s'en ſeruoient pour quatre raiſons. La premiere pour ſe deffendre contre l'iniure de
l'air : la ſeconde pour parer les coups de
de leurs ennemis ; la troiſieſme pour leur
ſembler plus effroyables : & la quatrieſme

pour fe recognoiftre par la conformité de
leurs affuts de tefte. Il vfoient auffi de boucliers de cuir de trois pieds de diametre.
Quant à leurs armes offenfiues , ils portoient vne efpée d'Efpagne à leur cofté.
Pollybe la leur faict porter à gauche , mais
i'en croy pluftoft la colomne de Traian,
ou prefque tous les foldats la portent au
cofté droict. Ils auoient encore vn iauelot,
le bois de trois pieds de long , d'vn doigt
d'efpais, le fer de douze doigts de hauteur,
mais au refte fi minfe & fi menu vers la
pointe, qu'il fe plioit du premier coup, de
telle forte que les ennemis contre qui on
l'auoit lancé, ne le pouuoit reietter. Les
picquiers nommés *Haftati* , portoient vn
efcu de forme carrée , large de deux piéds
& demy, long de quatre, & quelquefois de
quatre pouffes d'auantage. Les Perfes , les
Gaullois , les Allemands , & les Efpagnols
fe font feruis de telle maniere de targue.
Lucullus redoutant les grands coups de
taille des Gaulois , renforça d'vne grande
bande de fer les boucliers de fes foldats.
Les Rommains s'en aidoient fort habille-
ment quand il falloit aller à la brefche. Ils
fe ferroient le plus eftroictement qu'il leur
eftoit poffible , & de peur que les ennemis

ne les offensassēt en iettāt sur eux des pou-
tres de bois, des pierres, des huilles bouïl-
lantes, & autres choses semblables dont
on vsoit en telles occasions. Ils mettoient
leurs boucliers dessus leurs testes, & se tenoient à couuert dessous, ne plus ne moins
que sous des toicts. Ceste façō d'aller a l'es-
calade estoit appelé *Testudo*. Dauantage ils
portoient des casques de cuiure &de hauts
pennaches, qui les faisojēt encore paroistre
plus espouuantables & plus grands à leurs
ennemis. Ils auoient vn cuissard à la cuisse
droitte. Leurs armes offēsiues estoiēt deux
piles, dont le bois auoit trois coudées de
long, & le fer autant, le bout estoit ebarbil-
lé cōme les ains auecques quoy on prēd le
poisson, & faisoit deux playes; l'vne en en-
trant, & l'autre en sortant. Florus parlant
de la premiere bataille que donnerent les
Ronimains contre Philippes de Macedoi-
ne, dict qu'il n'y auoit rien si horrible que
les blessures de ces armes. Les Rommains
les manioient si bien, qu'ils persoient quelques fois hommes & boucliers. Ils vsoient
de deux sortes de petits halecrets; les vns
estoient de plastrons de fer; les autres de
iacques de mailles. Les deux autres sortes
de soldats vsoient de pareilles armes, exce-

pté que les Triaires se seruoient d'vne iaueline au lieu de pile.   Quant à celles des
gens de cheual elles estoient semblables à
celles des Grecs. Ils n'vsoiēt point de cor-
celets en l'ancienne milice; ne mettoient
leur asseurance qu'en leur valeur, & preferoient la commodité de combatre legerement, à celle de combatre asseurement:
ils auoient mesmes des iauelines inutilles
pour deux causes : à cause qu'elles estoient
si foibles & si tremblantes, que la visée en
estoit malseure, & le coup de peu d'effect.
Ils prirent depuis, cōme les Grecs vne ron-
delle, vne iaueline plus forte, vne espée,
vn corcelet, & vne salade. I'ay faict armer
la legion, ie la feray tantost camper &
combatre.

¹⁷ *Et voulut que Tybere l'adoptast.* C'est vne
maxime d'Estat, que tout Prince nouuellement estably, se doit substituer plusieurs
successeurs, pour trois raisons : la premiere
pour maintenir son Empire, & pour empescher que le peuple ne se sousleue contre luy, sur l'esperance d'estre libre apres sa
domination, s'il mouroit sans heritiers. La
seconde à fin d'asseurer sa vie, en ostant la
hardiesse d'attenter à sa personne, par la
crainte que ses successeurs ne vangent sa
mort; la troisiesme pour acquerir de la

gloire en perpetuant l'Empire , & en le
rendant hereditaire en fa maifon. Augufte
pratiqua fort bien cefte maxime; car comme il vit que la mauuaife fortune auoit ré-
uerfé vne partie de fes deffeins, par la mort
de Caius,& de Lucius enfans d'Agrippa; il
fubftitua d'autres heritiers en leur place,
ainfi qu'vn bon mefnager , qui plante de
nouueaux arbres au lieu de ceux qui font
morts. Il ne fe contenta pas feulement de
faire Tybere fon heritier,mais d'auätage. Il
luy commäda d'adopter Germanicus,bien
que Tybere euft vn fils ; mais il le faifoit
pour auoir plus de fupport. Iamais vn Prince ne doit laiffer fa fucceffion en doubte;
autrement,il expofe,& fa vie,& fa fortune,
& fes fubiects , à vne infinité de grands in-
conuenients. l'Empereur Adrian imita la
preuoyance d'Augufte;il adopta Antonin,
& luy commanda de fe pouruoir de deux
autres heritiers. Plufieurs Princes ont caufe vn nombre incroyable de funeftes accidents à leurs Eftats , pour auoir negligé le
foing d'inftituer des fucceffeurs. Alexandre le Grand,Ieanne fecóde Reine de Na-
ples, & Philippes Marie Vicomte de Mi-
lan, en ont laiffé des exéples memorables.
l'ay expofé les raifons pourquoy Augufte

adopta Tybere, & luy commanda d'adopter Germanicus : il faut traitter de l'adoption , mais sommairement. L'adoption fut instituée pour consoler ceux qui n'auoient point d'enfans ; la loy permettoit d'en auoir de feints , à ceux qui n'en auoient point de vrais ; voila comme l'art supplée aux deffaux de la nature. Quelques vns ont preferé les enfans adoptifs à ceux qui sont engendrez : disans que nous receuions les derniers bon gré malgré , tels qu'il plaist à la nature ; mais que nous choisissons les autres tels que nous les voulons. C'est pourquoy Adrian estant sur le point de rendre l'esprit, tint ces paroles à ses amis. Il ne m'a point esté permis d'auoir des enfans par nature , mais vous autres m'en auez donné par adoption : mais il y a ceste difference entre les vns & les autres, c'est que les enfans qu'on engendre naissent & croissent comme il plaist aux Dieux ; mais ceux qu'on reçoit en adoption sont comme chacun les desire. L'adoption estoit vne legitime reception d'vn homme estranger , en vne famille estrangere. Ce fut le moyen qu'Auguste treuua pour remedier à la sterilité de sa maison , & pour perpetuer l'Empire.

SOMMAIRE

SOMMAIRE.

De la maladie d'Auguste ; du bruit qui courut qu'il auoit faict vn voyage en Planasie, à fin de voir son petit fils : de sa mort : & de l'establissement de Tybere : de l'assassinat commis en la personne d'Agrippa : des dissimulations de la Cour : des soubmissions rendues à Tybere par tout le peuple Romain : du serment qu'on luy fit solennellement d'obeir à ses ordonnances.

CHAPITRE II.

DVRANT qu'on s'entretenoit de ces discours, le mal d'Auguste empiroit de iour à autre. Aucuns en soubçonnoient la meschanceté de sa femme. Car quelques mois auparauât on auoit faict courir vn bruict, qu'Auguste estât accôpagné de ses confidēts, qui sçauoient bien son dessein ; entre

F

autres de Fabius Maximus tout feul
de fa troupe , s'eftoit faict porter fe
crettement en l'Ifle de Planafie, pour
voir Agrippa , & que l'vn & l'autre
pleurerent fort en cefte entreueuë,
& fe rendirent plufieurs tefmoigna-
ges d'vne tref-grande affection. Que
que cela donnoit efperance que ce
ieune homme reuiendroit vn iour
en la maifon de fon grand pere;
Que Maximus ² l'auoit dict à fa
femme Martia , elle à Liüia , &
Liuia à Augufte. Car peu de temps a-
prés la mort de Maximus (on doute
fi luy mefme fe fift point mourir) on
ouït Martia en fes funerailles, qui parmy fes gemiffements, & fes plaintes,
elle mefme s'accufoit d'auoir efté caufe de la mort de fon mary. Quoy qu'il
en foit, il eft bien vray qu'à peine Tybere mettoit le pied dedans³ l'Illyrie,
que fa mere luy manda par lettres ap-
portées en hafte, qu'il euft à s'en re-

uenir promptement; & ne demeure-
ton point d'accord ſi lors qu'il entra
dãs Nole, +il trouua Auguſte ou mort,
ou mourant. D'autant que Liuia auoit
faict en uironner la maiſon, auecques
de ſeures gardes; & faiſoit-on courir
de fois à autre de bonnes nouuelles
de la guariſon d'Auguſte: iuſqu'en fin
qu'ayant pourueu à tout ce que la
condition du temps requeroit pour
l'eſtabliſſement de ſon fils; on publia
en meſme temps qu'Auguſte eſtoit
mort, & que Tybere eſtoit Empereur. Le premier acte dont il enſan-
glanta ſon nouueau Regne, fut le
meurtre de Poſthumus Agrippa
qu'vn Centenier bien aſſeuré put tuer
à peine, encore qu'il l'euſt ſurpris, &
qu'Agrippa n'euſt aucunes armes
pour ſe deffendre. Tybere ne parla
point de cet accident au Senat. Il fai-
gnoit que ſon pere auoit expreſſemét
commandé à l'vn des Capitaines de

ſa garde, qu'auſſi toſt qu'il ſeroit mort
il ne manquaſt pas à ſe deffaire d'A-
grippa. Sans doute qu'Auguſte s'eſ-
ſtât plaint beaucoup de fois des cruelles complexions de ce ieune homme,
auoit faict des pourſuittes ſi paſſion-
nées côtre luy,qu'il fiſt confirmer ſon
banniſſement par vn arreſt du Senat.

Mais au reſte on ne trouue point
que ce Prince ſe ſoit iamais opiniaſtré
à faire mourir aucun des ſiens;& n'eſt
point croyable qu'il euſt faict tuer ſon
petit fils,pour aſſeurer le fils de ſa femme. Mais il y a bien plus d'apparence
que Tybere , & Liuia, auſquels il e-
ſtoit ſuſpect & odieux, l'euſſent faict
aſſaſſiner; l'vn par vne crainte de Tyran ; l'autre par vne haine de maràtre.
Quand le Centenier vint dire à Tybere (côme c'eſt la couſtume de la guerre) qu'il auoit executé ſon commandement; il luy diſt, qu'il ne luy auoit
rien commandé , & qu'il falloit reſ-

pondre de ceſte action deuant le Senat. Mais quand Saluſtius Criſpus,
(celuy qui auoit enuoyé le billet)ſceut
qu'on deſauoüoit le meurtrier ; craignant de tomber en peine, & d'eſtre
tenu complice de ce crime ; voyant
meſme qu'il y auoit autant de peril à
confeſſer la verité qu'à la nier ; il donna conſeil à Liuia, d'empeſcher que les
affaires ſecrettes de ſa maiſon , le
conſeil de ſes amis , & les ſeruices
que les ſoldats luy auoient rendus ne
fuſſent ainſi diuulguez. Il luy remõſtra
le preiudice que Tybere faiſoit à ſon
authorité, en renuoyãt toutes choſes
deuant le Senat ; & que la condition
de regner ne conſiſtoit qu'à rendre
compte à vn ſeul. Mais cependant,
Conſuls , Senateurs , Gentils-hommes,couroient à la foule pour ſe iet-
ter dans la ſeruitude. Les plus grands
eſtoient les plus diſſimulés, & les plus
prompts à ſy offrir ; Ils compoſoient

leur visage selon le temps ; & de peur
de paroistre ioyeux de la mort du
Prince , ou tristes de l'establissement
de Tybere ; mesloient les pleurs auecques la ioye , & les plaintes auecques
les flatteries. Les deux Consuls Sextus
Pompeius , & Sextus Apuleius firent
let premiers à Tybere le serment d'o-
beissance. Seïus Lerabo , & C. Turria-
nus firent le mesme serment deuant
les Consuls. Le premier ⁶ estoit Coronel General des Cohortes Pretoriennes ; L'autre, commissaire ⁷ des viures.
Incontinét apres, le Senat, les gens de
guerre, & le peuple en firét autant. Car
Tybere cómençoit toutes choses par
les Consuls, comme en l'ancienne republique,& comme estant encore en
doute s'il deuoit estre Empereur. Mesmes,il ne voulut pas que le mandemét
en vertu duquel il fist assembler le Senat, fust authorisé d'vne autre ordonnance que de celle qu'il auoit faicte en

la qualité de Conful, dont il auoit efté
pourueu du viuant d'Augufte. Les ter
mes en eftoient courts, & le fens mo-
defte. Il expofoit qu'il defiroit prendre confeil, touchant les honneurs
qu'on deuoit rendte à fon pere: qu'il
ne f'esloigneroit point du corps: que
c'eftoit la feule charge publique qu'il
vfurpoit. ⁸ Mais tout auffitoft qu'Augufte euft rendu l'efprit, il donna le
mot du guet ⁹ aux compagnies Pretoriennes comme Empereur; fift faire la
garde en fon logis, ordonna de tout
le fait de la guerre, & prift tout ce qui
appartenoit à vne Cour imperiale.
Les foldats l'accompagnoient en la
grande place, ¹⁰ & au Palais. Il efcriuit
aux armées en qualité d'Empereur: &
n'eftoit iamais irrefolu, finon quand il
parloit en plein Senat. La caufe de cela: c'eftoit la crainte qu'il auoit que
Germanicus qui tenoit en main tant
de legions, des trouppes infinies de

secours, enuoyées par les alliez, & qui
s'estoit acquis vne faueur merueilleuse enuers le peuple, n'aimast mieux
posseder l'Empire presentement, que
de l'attendre apres sa mort. Il le faisoit
aussi pour l'honneur de sa reputation,
à fin qu'il semblast y estre plustost esleu legitimemét par la Republique,
qu'introduit secrettement par les brigues d'vne femme, ou par l'adoption
d'vn vieillard. On congneut depuis
que pour sonder iusques au fonds ce
que les grands auoient dedans le courage, il s'en estoit imprimé vne def-
fiance, Car il tournoit leurs contenan-
ces en crimes, & en gardoit vn pro-
fond ressentiment dans son cœur. Le
premier iour que le Senat s'assembla, il
ne voulust point permettre qu'on y
traictast d'autre affaire que des funerailles d'Auguste, le testament duquel estant apporté par les Vierges
Vestalles, " monstra comme il insti-

tuoit Tybere, & Liuia ſes heritiers.
Receuoit Liuia en la famille des Iules,
& luy donnoit le nom d'Auguſte. Ses
petits fils, & ſes arriere-fils eſtoient appelez à luy ſucceder au ſecond degré;
les plus qualifiez de la ville au troiſieſme: combien qu'il en haiſt la pluſpart:
mais il les voulut obliger par vne vanité genereuſe, à fin que la poſterité l'en
loüaſt. Il n'y auoit rien d'extraordinaire en ſes legs, ſinon qu'il donna au
peuple quatre cens [12] nummes par te-
ſte: & de ſurplus trente cinq au menu
peuple : à chacun des ſoldats des cohortes Pretoriennes mille, & aux bandes legiónaires [15] de bourgeois Rommains , trois cents pour homme.

OBSERVATIONS.

1. **P**lanaſie. Strabon eſcrit qu'elle eſt prez
des Iſles d'Hieres. Fazellus l'appelle
Sardum; Dalechamps, *Saincte Marguerite*,

& Poldus , ▉▉nt Sainct Esprit.' Pline
& Ptolomée parlent d'vne autre Planafie qui eft vers l'Elbe. Maintenant elle
s'appelle *Planofa.* Dion la reprefente vers
Corfe.

2 *Que Maximus l'auoit dit à fa femme Martia,
elle à Liuia, & Liuia à Augufte.* Il eft queftion de fçauoir par quel moyen Augufte
fçeut que Maximus auoit parlé de fon
voyage de Planafie. Lypfe a mis par deux
fois la main à ce paffage. Sa premiere correction portoit fimplement qu'Augufte le
fçeut, fans exprimer par quel moyen, *gnarum id Cæfari* ; Il l'a retractée depuis & a
voulu r'habiller ce lieu ; mais les fecondes
penfées ne font pas toufiours les meilleures. Il impute cefte decouuerture à vn
homme qu'il appelle C. Nauus, qui poffible n'y penfa iamais : Il n'a faict que changer Gnarum , en C. Nauum. Mon opinion eft qu'il faut lire que Liuia le dift à
Augufte, non par forme d'aduertiffement,
mais par reproche. De faict le manufcript
de la Mirande porte que ce fut Liuia. Dauantage, il y a vn paffage exprez dans Plutarque, dont on peut tirer vne coniecture
toute conforme à ma traduction, excepté
au nom de Fabius, au lieu duquel Plutar-

que met Fuluius. Mais il y a beaucoup
d'apparence d'erreur ; c'eſt pourquoy il me
ſera autant loiſible de changer le nom de
Fuluius en celuy de Fabius, qu'á Lypſe d'a-
uoir mis , *C. Nauum* au lieu de *gnarum*. Voicy ce qu'en eſcrit Plutarque ; l'hiſtoire merite bien qu'on prenne la peine de la lire,
& de la conſiderer. *Mais Fabius grand amy*
d'Auguſte qui eſtoit deſia ſur l'aage , l'ayant ouy
plaindre beaucoup de fois de ce qu'il n'auoit point
d'enfants , & que deux de ſes petits fils eſtants
morts , & Poſthumus qui luy reſtoit ſeul , eſtant
banny , pour ie ne ſçay quelle calomnie , il eſtoit
contrainct d'appeller le fils de ſa femme à la ſuc-
ceſſion de l'Empire , bien qu'il euſt pitié de ſon pe-
tit fils , & qu'il euſt deliberé de le faire reuenir
d'exil. Comme (dis-ie) *Fabius eut ouy cela , il*
en fiſt le conte à ſa femme ; qui le rediſt à Liuia :
Ce qui fut cauſe que Liuia en eut des paroles fort
piquantes auec Auguſte , luy demandant , pour-
quoy il ne faiſoit pas reuenir ſon petit fils ſuyuant
la reſolution qu'il auoit priſe , mais s'expoſoit à
la haine & à l'enuie d'vn ſucceſſeur ? Donques
Fabius vint le matin voir Auguſte , & luy
ayant dit , bon iour Ceſar , Auguſte le ſalua froi-
dement , & luy repartit , Adieu Fabius. Au meſ-
me inſtant que Fabius eut ouy ces paroles , il ſe
retira en ſa maiſon , appela ſa femme , & luy diſt ,

Augufte à bien fçeu que i'ay parlé de fes fecrets :
c'eft pourquoy ie fuis refolu de mourir. A quoy fa
femme refpondit, tu as ce que tu merites. Nous
auons vefcu fi long temps enfemble, & tu n'as
pas recogneu que ma langue ne fe peut tenir de
parler, & ne t'en és pas défié ? Iuge fans paf-
fion, Lecteur, s'il n'y a pas plus d'apparence au texte de la Mirande , qui porte que
Liuia le dift à Augufte , qu'a l'opinion de
Lypfe.

3.   *Illyrie.* Ce pays que Ptolomée appelle
Illyris, & Stephanus *Illyria*, eft vne region
de l'Europe. Les Geographes la reprefen-
tent de grande eftenduë, tant en longueur,
qu'en largeur ; toutesfois Pline ne s'accor-
de pas auec eux touchant fes limites. Il l'a
referre entre les fleuues Arfia, & Titium.
Sa defcription fe rapporte à la Sclauonie.
C'eft pourquoy plufieurs fe feruent de ce
nom en traduifant le nom *Illyricum* ou *Illy-*
ria. Appian, Sextus Ruffus , Iornandes,
& Lazius comprennent plufieurs autres
regions fous l'Illyrie. Ie renuoye le Lecteur
à ce qu'ils en ont efcrit.

4.   *Nole.* C'eft vne ville de la Marque
d'Ancone, felon Ptolomée, Strabon, &
Diodore.

5   *Il luy remonftra le preiudice qu'il feroit*

à son authorité en renuoyant toutes choses deuant le Senat. Il y a deux sortes d'affaires, dont il semble que les Princes doiuent eux mesmes prendre cognoissance. Les vnes regardêt la Iustice distributiue, côme les choses litigieuses & autres semblables matieres; Les autres touchent la prudence, comme les affaires d'Estat. Quant à la Iustice distributiue, plusieurs hommes de grand iugement ont maintenu que côme les subiects sont obligez de rendre obeissance à leurs Princes, ainsi les Princes de rendre la Iustice à leurs subiects, pour trois raisons. La premiere, par ce qu'ils y sont tenus, à cause que les Rois ont esté establis pour cet effect. Nos Rois portent à leur Sacre, auec vn sceptre, vne main d'iuoire, appelée la main de Iustice, comme pour monstrer qu'ils ne sont pas Rois seulement pour commander, mais pour iuger. La vesue de laquelle l'Empereur Adrian remist la requeste, s'excusant qu'il n'auoit pas loisir de la voir, auoit bien raison de luy dire, *quicte ta charge, ou me fay Iustice.* Ceux qui estoient comme souuerains entre les Hebrieux, les premiers Rois de la Grece, & les Princes d'Athenes ont esté appelez Iuges pour ceste consideration.

Secondement, c'est vne chose honneste,
que de voir le Prince rendre luy mesme la
Iustice à ses subiects, à l'exemple de Salo-
mon, & de sainct Louys. Tiercement, il
semble estre necessaire, par ce que rien ne
le rend plus capable que l'experience des
affaires, rien n'oblige plus ses subiects, n'a-
brege tant les procedures, ne retient tant
les Iuges en leur deuoir, ne leur donne
tant d'exemples de bien faire, n'asseure
tant les gens de bien, n'estonne d'auantage les meschants, n'affermit plus son authorité, que quand il prend luy mesme la
peine d'administrer la Iustice. Il n'y a plus
belle philosophie, disoit Pline le ieune,
que de traicter les affaires publiques & faire Iustice. C'estoit vne des plus grandes
occupations d'Auguste. Il ne s'en exem-
ptoit pas mesme quand il estoit indisposé.
On allegue plusieurs raisons contre celles-
là pour monstrer qu'il n'est point necessaire que les Princes exercent eux-mesmes
la Iustice distributiue. La premiere, c'est
qu'il est impossible à cause de la quantité
prodigieuse des procez. La seconde, qu'il
semble aucunemét messeant, à cause de la
petite consequence des affaires qui se trai-
ctent le plus souuent & qui consistent

presque toutes en certaines formalitez &
chiquaneries. La troisiesme par ce qu'il est
dágereux que les Princes qui ne sont point
versez en la Iustice, facet voir leur ignorā-
ce à leurs subiects, en se faisant voir trop
souuēt en public. Cela pourroit diminuer
la bonne oppinion qu'on en doit auoir, &
l'honneur qu'on est obligé de leur porter.
C'estpourquoy Tybere, disoit, qu'on rend
d'autāt plus de respect aux souuerains qu'ō
est éloigné de leur presence. D'autre-
part, il semble que la clemence qu'on doit
desirer aux Princes ne permette pas qu'ils
se mettent en hazard d'encourir le blasme
d'vne infinité de rigueurs qui se practi-
quent tant aux recherches qu'aux iugements des crimes, comme les tourments
qu'ils appelent, questions ordinaires &
extraordinaires, qui contraignent mesmes les innocents à mentir, & qui ne ti-
rent pas le plus souuent la verité des coul-
pables, estants plustost des essais de patience que de verité. Il y a encores les
condamnations à mort, qui ont ie ne sçay
quoy d'odieux. Il y auroit a craindre que
les mauuais Rois ne fissent comme Cynna,
& Sylla, qui ostoient la vie pour auoir des
biens; estre riche; c'estoir vn crime digne

de mort. La caufe du Fifq eſt touſiours
bonne ſous vn mauuais Prince, & touſiours mauuaiſe ſous vn bon. Il y auroit auſſi à redouter que les bons, quelques iuſtes
qu'ils peuſſent eſtre, n'en fuſſent calum-
niez, pour l'intereſt qu'ils ont aux amen-
des & aux confifcations. Sy les Princes
eſtoient tels comme ils doiuent eſtre, ce ſeroit vn plaiſir extreme de leur voir loüer
les vertus & condamner les vices, par leur
propre bouche. Mais puis qu'ils ne peuuent eux meſmes diſtribuer la Iuſtice, ils
font obligez de mettre les Magiſtratures
entre les mains de perſonnes qui en ſoient
capables, & renuoyer par deuant eux la
cognoiſſance des affaires criminelles & li-
tigieuſes. Cela ne diminue point leur authorité, principalement en ce Royaume,
ou les Rois ont toute puiſſance. Ce n'eſt
pas ainſi qu'à Romme en la nouueauté de
l'eſtabliſſement de Tybere. Car le Senat
auoit encore alors quelques anciénes marques d'Ariſtocratie : C'eſt pourquoy Tybere euſt faict vn grand preiudice à ſon
pouuoir, de renuoyer par deuant le Senat
la cognoiſſance d'vn crime où il eſtoit
meſlé.

Il y a vne autre ſorte d'affaires, à ſçauoir,

uoir, celles qui regardent l'Eſtat. Ce ſont
les plus importantes, & qui touchent de
plus prez le Prince. C'eſt pourquoy il doit
prendre la peine de les cognoiſtre & de les
examiner luy meſme. Auguſte y eſtoit ſi
exact, qu'il eſcriuoit de ſa propre main, iuſques à la plus petite charge de la Republique. C'eſt vne choſe pitoyable de voir vn
Prince, qui ne voit, qui ne parle, & qui
n'eſcoute que par les yeux, que par la bouche, & que par les oreilles d'autruy. Il eſt
requis que celuy qui commande à tous,
ſoit le plus habille de tous, & ſçache
comme tout va dedans ſon eſtat, les
charges & les forces de ſes prouinces, de
peur que ſon ignorance ne le contraigne
de renuoyer honteuſement toutes choſes
par deuant autruy, ou de les faire luy meſme inconſiderement. Toutesfois par ce
que la prudence d'vn ſeul homme, quelque habille qu'il puiſſe eſtre, eſt ſubiecte à
faire de grandes fautes, il a beſoin de prendre auis de perſonnes qui ayent beaucoup
de iugement, d'experience, & de probité.
Ce ſont les trois conditions que ie re-
quiers en ceux qui conſeillent les Rois.
Les vieillards ſont merueilleuſement propres au Conſeil, & les ieunes gens à l'exe-

G

cution. Les Princes qui ne prennent pas
la peine de cognoiſtre comme ils regnent,
ne ſont pas dignes de regner. Tout le mal
vient de ce qu'ils croient que la domination ſoit vn honneur ſeulement & non vne
charge. Ils ont plus de ſoing de leurs plai-
ſirs que de leurs affaires : Iamais les vſurpa-
teurs n'ont meilleur temps que ſoubs les
Princes qui negligent la cognoiſſance
de leurs eſtats. I'ay remarqué dans noſtre
hiſtoire que la mauuaiſe fortune de l'vn de
ños Rois, & la grande faueur de ſes ennemis ne vint en partie que de ce qu'il ne
ſ'en ſoucioit point. Cependant qu'il paſ-
ſoit le temps à ſe friſer, à ſe peindre, à ſe
parfumer, à faire les figures d'vn balet, ſes
ennemis vigilants, auiſez, populaires, en-
treprenants, faiſoient des deſſeins deſſus
ſon Royaume ; Alors qu'il dormoit au lict,
ils veilloient dedans le conſeil. Ils ſe rendirent en fin ſi puiſſants en France, & ſi ha-
billes aux affaires que toutes choſes dependoient d'eux. Ils virent l'heure qu'ils
touchoient à la couronne auecque le bout
du doigt. De telle ſorte que le Roy fut
contrainct de remedier par vne rigueur
merueilleuſement tragique, aux fautes
irreparables de ſon imprudence, qui luy

auoit faict mefprifer le foing de s'eftudier
aux affaires de fon eftat, & de s'opop-
fer de bonne heure à la grandeur de fes
ennemis. Sans doute il leur fift vn grand
mal, mais il ne guarit pas le fien. La non-
chalance d'Antonius & de Lepidus, laiffa
croiftre tellement la bonne fortune d'Augufte qu'elle deuint inexpugnable. Nous
conclurrons donc, que les Princes iudicieux ne doiuent iamais negliger le foing
des affaires d'eftat.

6   *Les deux Confuls firent les premices à*
Tybere le ferment d'obeiffance. Muret, efcrit fur ce paffage que Tybere fut le premier des Empereurs auquel on iura d'o-
beir. Ie m'eftonne qu'vn homme de fi
grande erudition foit tombé en vne fi
grande erreur. Car il eft certain que les
Triumuirs firent le mefme fermét à Iules
Cefar, l'an fept cents foixante & douze de
la fondation de Romme, & l'exigerent du
peuple; laquelle forme de ferment (fuiuant le rapport de Dion) à depuis efté
continuée aux autres Empereurs, finon
qu'ils fuffent publiquement notez d'infamie. Iule Cefar fit iurer les Triumuirs, &
les Triumuirs firent iurer le peuple de luy
obeïr, pour monftrer, qu'il ne fe faififfoit

de la puiſſance ſouueraine par violence,
mais qu'on luy defferoit volontairement.
Tybere vſa encore d'vn autre artifice
pour euiter le ſoubçon de ſa tyrannie : car
il ſe faiſoit prier de prendre l'empire qu'il
vſurpoit de ſa propre authorité.

7. *Seius Strabo Coronel general des Cohortes*
Pretoriennes , & S. Strabo Commiſſaire general
des viures , firent les premiers à Tybere le ſer-
ment d'obeïſſance.

Comme on entretenoit les legions pour
l'accroiſſement ou pour la conſeruation de
l'Empire , ainſi les Cohortes Pretoriennes
eſtoient pour la garde du Prince. Ie commenceray par leur deffinition, puis ie vien-
dray au temps ou elles furent eſtablies &
aux autres particularitez. C'eſtoient certaines côpagnies compoſées des plus vail-
lants, ſoldats, entretenuës pour garder la
perſonne du General , ou du Prince , &
exemptes de toutes les autres factions ordinaires de la guerre. Feſtus refere leur inſtitution à Scipion l'Afriquaïn. Lypſe allegue vne mauuaiſe raiſon pour impugner
ce teſmoignage. *Pourquoy* (dit-il) *ne croy-ie*
pas que Scipion ait eſté le premier autheur des
Cohortes Pretoriennes ? C'eſt par ce que Pollybe
n'en parle point. Ie croy pluſtoſt (dit-il incon-

tinent apres) *que Scipion de Numance in-*
stitua ceste milice du temps de Pollybe. Toutesfois Pollybe n'en parle point. Il se
fonde sur vn passage qui porte que Scipion de Numance mena de Romme quelque quantité de volontaires, de ses Clients,
& de ses amis, iusques au nombre de cinq
cens, qu'il enroolla tous en vne trouppe,
qu'il appela la cohorte des amis. Ie dis
premierement que le mot ἴλω , signifie
proprement vne Esle, ou vn Escadron de
gens de cheual , & neantmoins Lypse a
traduict , vn Escadron de gens de pieds,
pour fortifier sa coniecture. Il n'allegue
autre raison de cela, que sa volonté, *Bel-*
lius, dit-il , *visum sic interpretari*. Ie dis secondement qu'on ne peut inferer de ce
passage , ny que ce fust vne compagnie
Pretorienne, ny que Scipion de Numance en ait esté le premier autheur. Ceste
derniere raison est aussi foible pour affirmer, comme la premiere pour nier. D'au-
trepart il dit qu'il y a de l'apparence que
ceste compagnie fust composée de volontaires, ie dis qu'il n'y en a nullement. Ce
seroit chose esloignée de toute raison,
qu'vn General d'armée, ou vn Prince mist
à la garde de son corps des personnes qui

l'euſſent peu abandonner quand il leur
euſt pleu. Dauantage ils eſtoient enrool-
lez & ſouldoyez , ce qui monſtre bien
qu'ils n'eſtoient pas volontaires. La garde
d'Auguſte eſtoit compoſée de trois ſortes
de ſoldats. Les premiers s'appelloient
Frætoriani , les ſeconds, *Euocati*, & les derniers *Bataui*. Les Pretoriens furent diuiſez
par Auguſte en neuf ou dix cohortes. C'e-
ſtoit la fleur des ſoldats , pour l'extraction,
pour la vaillance , & pour la fidelité. Ils
eſtoient enuiron neuf ou dix mille. On
les leuoit en quatre lieux , à ſçauoir au
païs d'Vmbrie , d'Hetrurie, de Latium,
& aux vieilles Colonies. Les Empereurs ſe
ſeruoient de ces nations , pour la garde de
leurs corps ; comme nos Rois font des
François. L'Empereur Othon voulant
flatter les ſoldats Pretoriens , les appeloit
*Nourriſſons de l'Italie & ieuneſſe vrayement
Rommaine*. Il en auoit en ſes gardes iuſques
au nombre de ſeize mille. Les Rois de
Perſe & de Macedone ſouldoyoient des
compagnies pour la meſme fin. Nos Rois
en ont pareillement, tant pour la pompe
deleurs Maieſtez, que pour la conſeruation de leurs perſonnes. C'eſt choſe bien
bien raiſonnable que ce que nous auons

de plus cher comme nos Princes, soit conserué auec toute sorte de soing. Et bien que la plus seure garde des Rois, soit de n'auoir point besoin de garde, si est-ce que l'audace perfide des prodigieux & abominables parricides, qui depuis vingt & cinq ans ont attenté aux sacrées personnes de deux de nos Rois, a rendu necessaires à la conseruation de la vie des Princes, les gardes qui ne l'estoient qu'à l'ornement. La mort funeste & déplorable de Henry le Grand, ne nous à que trop faict cognoistre que les Rois ne peuuent negliger le soin de se faire garder, sans mettre leur vie en peril. Quant à l'apoinctement des soldats Pretoriens, Scipion leur donna plus de paye qu'aux autres ; de telle sorte qu'ils auoient chacun denier & demy par iour si les autres auoient vn denier ; Dion escrit qu'ils ont eu la moitié d'auantage. Le Senat en faueur d'Auguste augmenta leur paye iusques à deux deniers pariour, à fin qu'ils eussent plus de soin de celuy de qui dependoit le salut de la Republique. Auguste s'en seruit auec beaucoup d'habileté. Premierement pour vaincre ses ennemis, & puis pour asseruir ses concytoiens. Il erigea l'office de Coronel general des Co-

F iiij

hortes Pretoriennes. Durant vn temps on
creoit du corps de la Nobleſſe cesCoronels
generaux, & les Empereurs, du corps meſmes des Coronels generaux. Macrin fut le
premier.Ceſte qualité dura iuſques à l'Empire de Conſtantin,qui la ſupprima:depité
de ce que les ſoldats Pretoriens auoient fa-
uoriſé le party de Maxence, à ſon preiudice. Les Empereurs les éliſoient, & leur
donnoient l'eſpée & le ceinturon. Traian
diſt vn iour à vn qu'il receuoit en ceſte
charge; *Reçoy ceſte eſpée, & l'employe pour ma
deffenſe ſi ie ſuis bon Empereur; ſi ie ne ſuis
tel, ſers t'en contre moy.* Ceſte dignité tenoit
vn grand rang, & ne cedoit guere à celle
de maiſtre de la Cauallerie. C'eſt pourquoy il importoit fort à Tybere d'eſtre aſſeuré de l'obeiſſance de Seius Strabo, qui
commandoit à toutes les compagnies Pretoriennes.

ſ *C.Turrianus Commiſſaire general des viures.*
Titeliue parle ſi obſcurement de l'inſtitution de ceſte charge qu'il eſt mal-aiſé,
voire impoſſible d'en rien apprendre de
luy. Il ſemble que ſainſt Auguſtin la rapporte à Minutius, quand il dit, *Où eſtoient
ces Dieux là lors que le peuple eſtant trauaillé de
famine, crea le premier Commiſſaire des viures?*

Cela aduint trois cents quatorze ans apres
la fondation de Romme. Muret en refere
l'inftitution à Augufte : mais fans raifon,
attendu qu'il en eft parlé dans Titeliue
plus de quatre cents ans auparauant ; à
fçauoir fous le Confulat de Geganius, &
de Menenius Lanatus, lors que Melius
afpirant à la tyrannie, fift des largeffes de
bleds au peuple Rommain. Le deuoir du
Commiffaire general des viures confiftoit
à prendre garde que les reglements des
bleds & du pain fuffent inuiolablement
obferuez. Pompée le grand exerça cefte
charge la mefme année que Ciceron re-
uint d'exil.

9 *Qu'il ne partiroit point d'aupres le corps ; que*
c'eftoit la feule charge publique qu'il vfurpoit.
Plufieurs fe font trauaillez inutillement à
rechercher fi c'eftoit vne charge publique,
que de garder le corps du Prince deffunct.
Mais il ne fe faut point donner de peine
pour trouuer vn bon fens aux paroles
de Tybere. Il a pleu à ce diffimulé de parler ainfi, pour abufer le Senat & pour ofter
la creance de fon vfurpatiou par vne apparence de modeftie. Ce Prince auoit ce
deffaut, fuft, ou par nature ou par mauuaife habitude, c'eft qu'il parloit tonfiours

en termes obscurs & ambigus, mesmes
quand il vouloit bien estre entendu : C'est
pourquoy Tacite s'en plaint en deux ou
trois endroicts de ce premier liure.

10   *Mais aussi tost qu'Auguste fut mort, il
donna le mot du guet aux compagnies Pretoriennes.* Les Empereurs donnoient
le mot du guet tant en la guerre qu'en
la paix, & prenoient ordinairement
quelque parole de bon augure, comme
le nom de *Victoire* : ou des Dieux auf-
quels ilsauoient plus de deuotion. Auguste prist celuy *d'Apollo.* Iule Cesar, *Venus
genitrix.* Celuy de Cyrus, *Iupiter est auecques
moy, c'est mon guide, & mon Sauueur.* Le
Coronel general des cohortes Pretoriennes prenoit le mot de l'Empereur, comme
le Coronel de l'Infanterie Françoise le
prend de la Reyne Regente durant la minorité du Roy.

11   *Le testament duquel estant apporté par les
Vierges Vestalles.* L'ordre des Vestalles
fut institué par Numa Pompilius, qui par
le respect de la religion adoucit les courages des Rommains encores tous acharnez
au sang.   Elles estoient obligées par
les loix de leur institution a passer trente
ans dans vn Monastere, en perpetuelle

abstinence du mariage : faisoient veu de
chasteté, & employoient les dix premieres années a apprendre les loix de leur ordre, les dix suiuantes à les practiquer,& les
dix dernieres à les enseigner aux nouices.
Les Rommains auoient conceu vne si bonne opinion de leur preudomie qu'ils consi-
gnoiét entre leurs mains ce qu'ils auoient
dé plus pretieux, comme les testaments,
l'argét,& les pactions. L'accord d'entre les
Triumuirs, & Sextus Pompeius leur fut
baillé en garde ; semblablement les testaments de Iules Cesar & d'Antonius. On
leur octroya de grands priuileges. Il n'y
auoit que le grand Pontife qui eust droict
de correction sur elles. Vn iour vne Vier-
ge Vestalle au pere de laquelle le Senat
auoit ordonné le Triumphe, sçachant le
complot que les Tribuns du peuple auoiét
faict de luy faire vn affront & de le faire
descendre de son chariot triumphant,
s'assit à costé de luy, l'accompagna iusqu'au Capitolle, & empescha par le respect de sa presence que son pere ne fust
offensé. Parlons de la forme des testaments qui estoient en vsage entre les Rom.
mains. Ils en auoient de trois sortes. La
premiere estoit de ceux qui se faisoient en

la conuocation generalle des estats, qu'ils
appeloient *Calata Comitia*, c'estoit la plus
ancienne façon de tester. La seconde, de
ceux qu'on faisoit quand on estoit prest
d'aler à la guerre ; on appelloit ces testaments là, *testamenta procincta*, parce que
suiuant les loix militaires les soldats
deuoient estre ceints. Elles ont esté si rigoureuses, qu'on à iugé la negligence de
se ceindre, vn crime digne de mort. La
troisiesme maniere de tester estoit par l'argent comptant & par la balance, ce qu'ils
nommoient *per æs & libram*. Cela s'obser-
uoit quand vn pere se desaisissoit de sa famille pour en transferer le droict à celuy
qu'il nommoit son heritier. Quand aux
testaments d'Auguste, il est plus entier
dans Suetone que dans Tacite. I'y remarque vne singuliere prudence de ce Prince,
en toutes les circonstáces, mais sur tout en
ce qu'il fist assez de bié au peuple pour l'o-
bliger a obeir à son successeur, & laissa assez de biens à son successeur pour assuiectir
le peuple. Quelques vns ont estimé son testament à huict millions, six cents dix-sept
mille cinq cens escuz. C'est vne chose merueilleuse comme ce Prince à peu laisser a
son heritier trois millions sept cents cin-

quante mil escuz apres auóir dependu plus
de trente millions d'or, à tant de grands
ouurages, de largesses publiques, de libe-
ralitez particulieres, apres auoir supporté
tant de despenses de guerre, & faict aux
Dieux des offrandes inestimables.

12 *Il n'y auoit rien d'extraordinaire en ses legs
sinon qu'il donnoit au peuple quatre cents petits
sesterces par teste, & au menu peuple trente
cinq.* I'ay hardiment diuisé en la traduction de ce passage ce que ie trouue conioinct mal à propos dans le texte de Tacite, à cause que le peuple & le menu peuple, ensemble les legs qu'Auguste fist à l'vn
& à l'autre y sont confondus sans aucune
distinction. Puisque nous sçauons la cause du mal, nous en trouuerons plus aisément le remede. Il faut doncques remarquer qu'il y a vne fort grande difference
entre le peuple, & le menu peuple; l'vn
est comme vn genre, & l'autre comme
vne espece ou partie de genre. Le peuple
contient tous les Cytoiens de quelque
condition & qualité qu'ils soient. Le menu peuple comprend tous les Cytoiens, excepté les Senateurs, & les Gentils-hommes. C'est pourquoy i'ay d'iuisé les legs
d'Auguste, suyuant Suetone.

SOMMAIRE.

De la deliberation qui fut tenue tou-chant les funerailles d'Auguste. Des diuers ingements qu'on fist apres sa mort de ses actions publiques, & domestiques.

CHAPITRE II.

A L'HEVRE mesme on delibera des honeurs de sa sepulture. Ceux qui semblerent les plus re-marquables, furent, que la pompe funebre seroit conduicte par la porte des Triumphes. Ce fut l'oppinion de Gallus Asinius. Lucius Aruntius fut d'auis qu'on portast deuát le corps, les tiltres des loix qu'Auguste auoit faictes, & les noms des peuples qui auoit vaincus. Messala Coruinius adiousta que tous les ans il falloit renouueller le serment au nom

de Tybere: Sur quoy, comme Tybere luy demanda s'il luy auoit donné charge de faire ceste proposition,
il luy respondit, qu'il parloit de son
mouuement, & qu'il n'vseroit d'autre conseil que du sien propre en
ce qui concerneroit l'interest de la
Republique, quand mesme on s'en
deuroit offenser. Il ne restoit plus
que ceste derniere espece de flatterie,
qui n'auoit point encor esté practi-
quée. Tous les Senateurs s'escrierent
à haute voix qu'ils porteroient le
corps dessus leurs espaules, au buch er
preparé pour le consommer. Ce que
refusa Tybere auec vne arrogante
modestie. Il exhorta le peuple par vn
Edict de prendre garde qu'ainsi que
par vne affection immoderée il auoit
troublé les funerailles de Iules Cesar,
pareillement que son impatience ne
luy fist plustost brusler le corps en la
grande place qu'au champ de Mars,

où il auoit esleu sa sepulture. Le iour
des obseques les soldats furent ran-
gez comme pour garder le mort.
Tout cela ne fit qu'aprester du subiect
de rire à ceux qui auoient veu, ou qui
auoient appris de leurs peres ce qui se
passa dans Romme le iour que la seruitude estant encores nouuelle, on
essaya malheureusement de restablir
la liberté, en tuant Cesar le Dictateur,
la mort duquel sembla aux vns vne
action glorieuse, & aux autres vn crime execrable. Les rieurs se moc-
quoient de voir que le corps d'vn
vieux Prince, qui auoit regné si long
temps, & laissé à son successeur des
richesses suffisantes pour faire la guerre à la Republique, fust gardé par les
soldats, comme s'il eust eubesoin de
leur escorte pour estre conduict en
asseurance à la sepulture. Ces choses
là donnerét matiere de faire plusieurs
discours d'Auguste; quelques vns fai-

sans

fans auec vn grand eſtonnement de vaines obſeruations ſur les circon-ſtances de ſa mort. Entre autres, *qu'il a-uoit rendu l'eſprit en* pareil iour qu'il receut l'Empire. *Qu'il eſtoit mort à Nole en la meſme maiſon, & en la meſme chambre ou ſon pere eſtoit decedé.* On faiſoit eſtat du nombre de ſes Conſulats, par leſquels il a-uoit ſeul ègallé ceux de Valerius Coruinus, & de Marius tous enſemble. On diſoit encore, *qu'il auoit eſté continué par trente ſept ans au Tribunat, honoré vingt & vne fois du nom d'Empereur, ſans conter les au-tres honneurs multipliez, ou creés en ſa fa-ueur.* Mais les hommes iudicieux lou-oient ou blaſmoient ſa vie fort diuer-ment; les vns diſoient, *que le deſir de ven-ger la mort de ſon pere, & l'extreme neceſſité de la Republique, ou les loix eſtoient ſans vi-gueur, l'auoient pouſſé aux guerres ciuilles malgré qu'il en euſt, & cōbien que telles pro-cedures ne peuſſent eſtre loüées. Qu'il auoit eſté contraint de ſouffrir beaucoup de choſes*

H

d'*Antonius* & de *Lepidus*, à fin de tirer sa
raison de ceux qui auoient tué son pere. Qu'a
pres que l'vn fust vieilli en sa faineantise,
l'autre perdu dans les voluptez, il ne peut
trouuer vn meilleur remede aux troubles de
sa patrie, que de la reduire sous l'obeissance
d'vn seul. Qu'elle n'estoit toutesfois comman-
dée ny par Roy, ny par Dictateur: mais
gouuernée par vn Prince. Que l'Empire
estoit enuironné de l'Ocean[6] ou de fleuues
fort esloignez. Que les legions[7], les Prouinces[8], les armées naualles[9], estoient ensemble
en fort bonne intelligence. Que le repos des
Cytoiens estoit conserué par la Iustice; l'a-
mitié des aliez entretenue par la modestie.
Que la ville estoit magnifique: Qu'*Auguste*
auoit traitté par la violence la moindre partie des affaires, à fin d'asseurer le reste par la
douceur. Les autres disoient au contrai-
te, que la pieté naturelle enuers son pere,
& les calamitez de la Republique estoient
les pretextes des guerres ciuilles qu'il auoit
emeuës: mais que l'ambition de regner en e-

ſtoit la cauſe. Qu'il auoit faict mutiner les
vieilles bandes par ſes largeſſes. Qu'eſtant
encore ieune il auoit leué vne armée ſans
commiſſion, corrompu les legions du Conſul, faict ſemblant d'eſtre du party de Pompée. Qu'auſſi toſt que par arreſt du Senat,
il ſe fut emparé des maſſes, & de l'authorité du Preteur, apres la mort de Hircius &
de Panſa (ſoit que les ennemis les euſſent
tuez, ſoit que Panſa ſoit mort de ce qu'on
empoiſonna ſa playe, ou que Hircius euſt
eſté aſſaſſiné par ſes ſoldats propres à la ſu-
ſcitation d'Auguſte, il s'eſtoit ſaiſi de leurs
troupes. Qu'il auoit par force extorqué des
peres le Conſulat, & tourné contre ſa patrie les armes qu'il auoit priſes contre Antonius. Que la proſcriptiòn des Cytoiens &
les partages des terres, n'auoient pas meſmes
eſté loüés de ceux qui en furent les autheurs.
Qu'on auoit excuſé la mort de Caſsius &
de Brutus à cauſe du reſſentiment qu'il a-
uoit de l'aſſaſsinat de ſon pere. Bien qu'il
euſt mieux faict toutesfois d'oublier vne

querelle particuliere en [17] faueur d'vn bien
public, qu'il auoit trahi Pompée sous couleur de paix, & Lepidus [18] sous apparence d'a
mitié. Qu'apres qu'Antonius fut attiré par
les traicté de Tarente [19] & de Brunduse &
parle mariage de sa seur, il auoit porté par
sa mort la peine de ceste perfide alliance.
Qu'apres cela on obtint vne paix à la verité,
mais sanglante ; tesmoing le meurtre de
Lolius & de Varus, pareillement de Var-
rus, d'Egnatius, & de Iulius, tuez dans
Romme. On déchiffra mesmes ses a-
ctions domestiques, disant, qu'il auoit
débauché la femme de Tybere, & consulté
les Pontiffes par mocquerie, sçauoir si elle se
uoit remarier legitimement durant sa
pousesse. On le blasmoit mesme des fol-
les dépences de Vedius Pollio. [20] En
fin on disoit que Liuia estoit vne mere
insupportable à la Republique, encore plus
insupportable maratre à la maison des Cesars. Qu'Auguste ne reseruoit aucuns honneurs pour les Dieux, puis qu'il luy plaisoit,

que son image fust adorée dans les temples,
& que les Prestres la seruissent. Qu'il n'a-
uoit point institué Tybere son heritier, pour
aucune amitié qu'il luy portast, ny pour affection qu'il eust au bien de la Republique:
mais pour acquerir de la gloire par la com-
paraison d'vn si meschant successeur, d'autant qu'il auoit recognu iusques au fonds son
orgueil & sa cruauté. Car comme Auguste peu d'années auparauant demandoit
pour luy derechef le Tribunat aux Senateurs, bien qu'il en parlast assez honora-
blement, il ietta toutesfois quelques paroles à trauers, touchant les mauuaises habitu-
des de sa maniere de viure, mais auec vne
telle grace, qu'il sembloit luy reprocher ses
deffaux en les excusant.

OBSERVATIONS.

1. QVe la pompe funebre seroit conduicte
par la porte des Triumphes. Suetone
confirme ce passage, sur lequel Lypse es-
cript que tant s'en faut que les funerailles

euſſent paſſé par la porte des Triumphes,
qu'au contraire Dion rapporte qu'elles furent faictes de nuict. Mais en quoy trouue
il de la contrarieté entre ces deux autheurs? Il n'y en a point, mais de la diuer-
ſité ſeulement, en ce que Tacite parle du
lieu par ou la pompe funebre paſſa, &
Dion parle du temps où elle ſe fiſt. Car il
n'eſt point impoſſible que les obſeques
ayent eſté faictes de nuict par la porte des
Triumphes.

2. *Et les noms des peuples qu'il auoit vaincus.*
La plus grande partie des honneurs qui furent ordonnez au corps d'Auguſte, tenoient plus de l'apparence des Triumphes,
que de la couſtume des funerailles, parti-
culierement ceſtuy-ci qui eſt, qu'on por-
teroit deuant le corps les noms des peuples
qu'il auoit vaincus. Auguſte accreut fort
l'empire Rommain. C'eſtoit vn Prince où
ſe rencontroient toutes les parties neceſ-
ſaires à vn conquerant. Il auoit vn grand
courage a faire de grandes entrepriſes,
beaucoup de prudence a les conduire, de
patience a les pourſuyure, & de felicité a
les faire reuſſir. Il fiſt pluſieurs conqueſtes,
en l'Europe, en l'Aſie, & en l'Afrique tant
en perſonne, que par Lieutenants. Ie re-

serue à la seconde edition le denombre-
ment particulier de tous les peuples qu'il
soubmist à l'obeissance de l'empire tant
par sa valeur, que par la reputation de sa
vertu, qui obligea les Indiens & les Scytes
à rechercher son amitié,&les Parthes à luy
rendre l'Armenie,& les enseignes de guerre, qu'ils auoient ostées à Crassus & à
Antonius, ensemble à prendre vn Roy de
sa main. C'est vne chose merueilleuse qu'il
ne sist iamais la guerre sans iuste occasion.
Apres dõc qu'il eust vaincu vn nombre in-
fini de nations, il ferma le Temple de Ianus, establit vne paix vniuerselle, laquelle
il conserua si lõguement, que iamais l'Empire Rommain ne fut plus heureux que
durant son regne.

3 *Qu'au champ de Mars, où il auoit esleu sa sepulture.* Auguste fit bastir dans le champ
de Mars, vn superbe Mausolée à l'imita-
tion des obelisques d'Egypte. I'ay leu dans
quelques autheurs recents qu'il s'en void
encores des pieces à vn iect de pierre de
sainct Laurens en Lucina. Quelques vns
ont voulu blasmer le desir de ceux qui
cherchent de l'eternité dans la durée des
beaux monuements, disans que nous voulons estendre nos vanitez au de là de no-

ftre vie. De moy, ie ne defaprouue point
cela. Ie louë Augufte d'auoir monftré, par
le foing de fon fepulchre, qu'il fe cognoiffoit eftre mortel. La mort, qui eft la chofe du monde la plus commune & la plus
affeurée, eft celle à quoy les hommes pen-
fent le moins, principalement les Rois.
Ils viuent comme s'ils deuoient toufiours
viure. Pleuft à Dieu que tous les Princes
y fongeaffent comme Augufte: ils en feroient beaucoup plus fages, & leurs peuples beaucoup plus heureux. I eftime le
courage de ceux qui fe refoluent à la mort,
& la preuoyance de ceux qui font faire
leurs tombeaux, fans attendre ce deuoir
de la pieté de leurs fucceffeurs. Il n'y a
rien que les viuants oublient fi toft que les
morts. Il faut dire quelque chofe du cháp
de Mars. C'eftoit vne grande place ainfi
appellée à caufe qu'il y auoit vn Temple
confacré à Mars. Elle fut donnée au peuple Rommain par vne femme appellée
Caia Tarratia. Ce lieu eftoit hors de la vil
le. On y creoit les Rois, les Confuls, &
plufieurs autres Magiftrats, pareillement
les Tribuns de guerre. On y tenoit les af-
femblées qu'ils appeloient *Centuriata Comi-*
tia. La ieuneffe y faifoit vne infinité d'e-

xercices. Quant a la beauté de ceſte place
& a la grandeur de ſon circuit , ie n'en di-
ray autre choſe que ce qu'en eſcrit Strabon, diſant, que tout le reſte de la ville ne
ſembloit eſtre baſty que pour le champ
de Mars, tant il eſtoit magnifique.

*4 Qu'il auoit rendu l'eſprit en pareil iour qu'il
receut l'Empire.* On a compté en trois ma-
nieres l'Empire d'Auguſte. Les vns depuis
ſon premier Conſulat, qui fut le dixneuf-
ieſme d'Aouſt ; il mourut en pareil iour
l'an ſept cents ſoixante ſix de la fondation
de Romme, ſeptante ſixieſme de ſon aage,
quarante quatre ans apres la victoire A-
ctiaque. C'eſt pourquoy le vulguaire qui
contoit ſon Empire depuis ſon premier
Conſulat diſoit, qu'il auoit rendu l'eſprit
en pareil iour qu'il receut l'Empire. L'autheur de la corruption de l'eloquence a
ſuyui ceſt erreur. D'autres qui failloiét encore en la ſupputation du temps de ſon
Empire, le contoient depuis ſon ſixieſme
Conſulat. Les derniers qui ont eſté plus
iudicieux ne l'ont conté que depuis la victoire Actiaque, apres laquelle il ſe vid ſeul
& abſolu : car auparauant il auoit eu des
compagnons, auecques leſquels il auoit
partagé l'Empire, ou des ennemis qui luy
auoient diſputé.

5 *Le nombre de ſes Conſulats.* Auguſte fut treize fois Conſul, Valerius Coruinus le fut ſix fois, & Marius ſept fois.

6   *Que l'Empire eſtoit enuironné de l'Ocean, ou de fleuues fort eſloignez.* Si l'on eſtime la perfection d'vn eſtat par le repos, celle de l'Empire Rommain fut ſous Auguſte, lequel comme i'ay dit cy deuant, eſtablit vne paix vniuerſelle, & ferma le Temple de Ianus, au temps de la naiſſance de noſtre Séigneur. Mais ſi on eſtime la perfection d'vn eſtat par la grande eſtenduc de païs, celle de l'Empire Rommain fut ſous Traian. Ceſte puiſſante Republique fut vn ouurage dont la ſtructure & la ruine ont bien monſtré qu'il n'y a rien de ſi petit que la main de Dieu ne puiſſe rendre parfaictement grand, ny de rien de ſi grand qu'elle ne puiſſe aneantir. Ie croy, que ç'a eſté le plus grand Empire du monde; ſoit pour la multitude incroyable des peuples, ſoit pour leur vertu, ſoit pour les richeſſes ſoit pour la domination abſolue. Il a eſtendu ſa puiſſance preſque par tout ou le Soleil eſtend ſes rayons, & a eſtably la ſeruitude dans les trois plus belles parties du monde, l'Europe, l'Aſie, & l'Afrique. Les plus fameux eſtats de la terre, les plus vail-

lantes nations, les plus riches, les plus am-
bitieufes de gloire, les plus amoureufes de
la liberté, les plus heureufes contrées qui
foient fous le ciel luy ont efté tributaires.
Ses bornes du viuant d'Augufte, eftoient
l'Euphrate deuers l'Orient; les catarractes
du Nil, les deferts d'Afrique, & le Mont
Atlas deuers le Midy; la Mer Oceane du
cofté de l'Occident; le Rhin & le Danube
vers le Septentrion. Apres qu'Augufte fut
mort on trouua parmy fes papiers vn auis
qu'il auoit efcrit, de reftraindre l'Empire
dans fes limites, & ne fçait on fi ce fut, ou
par crainte qu'en le voulant augmenter,
on ne perdift ce qu'on poffedoit, ou par ia-
loufie de la gloire de ceux qui l'agrandi-
roient. Mais quelques vns de ceux qui luy
fuccederét ne firent pas grand eftat de fon
auis. Il n'y auoit mer, fleuue, ny monta-
gne, qui peuft borner leur ambition. Claudius porta fes armes vers le Nord, & fub-
iugua l'Angleterre & l'Ecoffe. Traian y
adioufta du cofté de l'Orient, l'Arabie,
l'Armenie, la Mefopotamie, & la Syrie,
& vers le Septentrion, la Dace qu'il redui-
fit en vne prouince, fous laquelle eftoit
contenuë, la Tranffiluanie, la Vvalachie
& la Moldauie. Apres Alexandre le Grád,

ce fut le premier qui donna iufques aux frontieres des Indes, ayant équippé fur la mer rouge vne flotte de vaiſſeaux, auecques quoy il courut les coſtes Orientales. Il eſtendit l'Empire Rommain iufques au fleuue de Tygris, lequel durant ſon regne feruit de bornes entre les Parthes, & les Rommains. Il arriua en cet eſtat depuis la morr de Traian, vne infinité de changements, & de reuolutions, les Rommains gaignants tantoſt, & tantoſt perdants, iufques à la diſſipation de ce grand Empire.

7 *Les legions.* I'ay deſia parlé de l'inſtitution des legions, enſemble des parties dont elles eſtoient compoſées. Il faut maintenant que ie traicte de leur nombre & de leurs noms. Or quant au nombre il a changé meſmes ſous Auguſte. Oroſe & Appian eſcriuent qu'apres qu'il eut deffaict Sextus Pompeius en Sycille, il ſe trouua qu'il auoit quarante quatre legions, toutes ſes forces eſtants raliées. Quelques autheurs ont eſcrit qu'il les caſſa toutes excepté vingt & trois, d'autres ont eſcrit qu'il en reſerua vingt & cinq. Quarante quatre legions auec le ſecours ordinaire des aliez pouuoient monter à cinq cents cinquante mille hommes. Quant aux noms des le-

gions, elles furent diuerſement appelées.
En premier lieu pour la conſideration de
leur rang, à cauſe de quoy l'vne eſtoitnom
mée premiere ou ſeconde, ou autrement.
Mais comme il arriua depuis que pluſieurs furent logées enſemble, & qu'elles eurent ſemblables noms, comme la
premiere des huiĉt qui eſtoient en Alle-
magne, la premiere des ſept qui eſtoient
en Hongrie, la premiere des quatre de Syrie, on les diſtingua par des ſurnoms, comme de Secourable, de Viĉtorieuſe, de Minerue, de Partique. On impoſoit ces ſurnoms, ou à raiſon de ceux qui les donnoient, comme la legion d'Auguſte, de
Claudius, de Galba, de Traian, d'Antonin; ou à cauſe des peuples contre leſquels elles auoient faiĉt la guerre, comme celle qu'on appeloit, Partique, Sciti-
que, Gaulloiſe, Arabique, Macedonien-
ne, Eſpagnolle; ou à cauſe des noms des
Dieux à qui les Empereurs auoient plus de
deuotion, comme la legion de Minerue,
d'Apollon, de Venus, ou cauſe de la conſideration d'autres euenements, comme
celle qu'on appeloit Gemelle, Foudroyan-
te, Ferrée, Viĉtorieuſe.

Il faut traiĉter maintenant de la diui-

sion des vingt & cinq legions qu'Auguste
entretenoit ordinairement. L'Empire
Rommain estoit fortifié par deux moyens,
à sçauoir par la nature, & par l'industrie
humaine. La nature l'auoit enuironné de
la mer, de fleuues, & de montagnes. L'industrie humaine consistoit en deux choses
à sçauoir en la force des gens de guerre &
aux colonies. Ie parleray des colonies en
vn autre lieu. La milice estoit de deux sortes, l'vne terrestre & l'autre naualle. Derechef la milice de terre estoit de deux
especes. Il y en auoit vne partie aux frontieres des prouinces, & dans les grandes
villes, comme Alexandrie, à cause de quoy
les soldats qui y estoient employez, s'appeloient *Prouinciales*. L'autre partie de la
milice de terre s'appeloit *Vrbana*, c'estoit
celle qu'on entretenoit pour la garde de la
ville de Romme. Voicy comme furent di-
uisées par Auguste les vingt &cinq legions
entretenuës pour garder les frontieres de
l'Empire. Trois en Espagne, huict en
la Gaule du costé du Rhin, deux en Afrique, deux en Egypte, quatre en Syrie deuers l'Euphrate, deux en la Moesie vers le
Danube, deux en Hongrie vers le mesme
fleuue, & deux en la Dalmathie. Quel-

ques fois elles changeoient de prouince.
Iosephe escrit qu'il y auoit deux cens mille
soldats entretenus à garder les Gaules.
Mais il comprend tant ceux des frontieres
que du dedans de la Prouince. Les soldats
qui gardoient la ville & le Prince, estoient
de trois sortes, à sçauoir ceux qu'ils nommoient *Prætoriani*, *Euocati*, & *Bataui*. I'en
traicteray amplement en vn autre lieu.

8 *Les Prouinces.* Auguste fist vn traict
de grand Prince comme il se vid souuerain. Car pour oster le soupçon de
sa tyrannie, il ne prist pas seul le gouuernement de la Republique : mais en fist
part au peuple Rommain & au Senat.
Il leur laissa les prouinces qui estoient
les plus paisibles, esloignées des frontieres de l'Empire, & qui n'auoient
point de besoin qu'on y entretinst des gens
de guerre, & prist pour luy celles où
estoient les legions; à fin que sous couleur
de conseruer son gouuernement il eust
toutes les armées en sa puissance, & peust
donner & empescher l'entrée par les terres de l'Empire à tous ceux qu'il luy plai-
roit.

Les armées de Mer. I'ay dit que les Rommains auoient de deux sortes de milice,

l'vne Terreſtre , & l'autre Naualle. I'ay
parlé de la milice Terreſtre , il faut maintenant traicter de l'autre. La milice Naualle eſtoit de deux ſortes, l'vne pour la
mer, l'autre pour les fleuues , tant pour
empeſcher les autres nations d'entrer ſur
le domaine de l'Empire , que pour aller
par tout le monde, les Rommains , eſtants
maiſtres de la mer & des riuieres.

Auguſte entretenoit ordinairement
quelque ſix armées naualles, à ſçauoir quatre ſur la mer , & deux ſur les fleuues. Il
miſt deux armées de mer à Rauenne & à
Micennes ; elles furent nommées, *Preto-*
riennes , à cauſe de leur préeminence. Voicy ce qu'en dit Vegece. Il y auoit deux legiõs entretenues auec leurs vaiſſeaux, l'vne
à Micenes, & l'autre à Rauenne, à fin qu'elles ne s'eſloignaſſent pas trop de la deffen
ſe de la ville, & que quand on en auroit beſoin , elles ſ'y peuſſent rendre ſans retarde-
ment aucun & ſans prendre vn lõg circuit.
Car l'armée de Micenes eſtoit proche de
la Gaule, de l'Eſpagne , de la Mauritanie,
de l'Afrique, de l'Egypte, de la Sardaigne,
& de la Sicille : Celle de Rauenneeſtoit
voiſine d'Epire , de la Macedone, de l'A-
cha, e , du pays de Pont, de l'Orient, de
la Crete,